LA MALÉDICTION DU TEMPLIER

DANS LA MÊME COLLECTION :

- N° 1 — HIGGINS MÈNE L'ENQUÊTE
- N° 2 — MEURTRE AU BRITISH MUSEUM
- N° 3 — LE SECRET DES MAC GORDON
- N° 4 — CRIME À LINDENBOURNE
- N° 5 — L'ASSASSIN DE LA TOUR DE LONDRES
- N° 6 — LES TROIS CRIMES DE NOËL
- N° 7 — MEURTRE À CAMBRIDGE
- N° 8 — MEURTRE CHEZ LES DRUIDES
- N° 9 — MEURTRE À QUATRE MAINS
- N° 10 — LE MYSTÈRE DE KENSINGTON
- N° 11 — QUI A TUÉ SIR CHARLES ?
- N° 12 — MEURTRES AU TOUQUET
- N° 13 — LE RETOUR DE JACK L'ÉVENTREUR
- N° 14 — MEURTRE CHEZ UN ÉDITEUR
- N° 15 — MEURTRE DANS LE VIEUX NICE
- N° 16 — QUATRE FEMMES POUR UN MEURTRE
- N° 17 — LE SECRET DE LA CHAMBRE NOIRE
- N° 18 — MEURTRE SUR INVITATION
- N° 19 — NOCES MORTELLES À AIX-EN-PROVENCE
- N° 20 — LES DISPARUS DU LOCH NESS
- N° 21 — L'ASSASSINAT DU ROI ARTHUR
- N° 22 — L'HORLOGER DE BUCKINGHAM
- N° 23 — QUI A TUÉ L'ASTROLOGUE
- N° 24 — LA JEUNE FILLE ET LA MORT

AUX ÉDITIONS DU ROCHER :

MEURTRE AU BRITISH MUSEUM
LE SECRET DES MAC GORDON
CRIME À LINDENBOURNE
L'ASSASSIN DE LA TOUR DE LONDRES
LES TROIS CRIMES DE NOËL
MEURTRE À CAMBRIDGE
MEURTRE CHEZ LES DRUIDES
MEURTRE À QUATRE MAINS
LE MYSTÈRE DE KENSINGTON
QUI A TUÉ SIR CHARLES ?
MEURTRES AU TOUQUET
LE RETOUR DE JACK L'ÉVENTREUR
MEURTRE CHEZ UN ÉDITEUR
MEURTRE DANS LE VIEUX NICE
QUATRE FEMMES POUR UN MEURTRE
LE SECRET DE LA CHAMBRE NOIRE
MEURTRE SUR INVITATION
NOCES MORTELLES À AIX-EN-PROVENCE
LES DISPARUS DU LOCH NESS
L'ASSASSINAT DU ROI ARTHUR
L'HORLOGER DE BUCKINGHAM
QUI A TUÉ L'ASTROLOGUE ?
LA JEUNE FILLE ET LA MORT
LA MALÉDICTION DU TEMPLIER
CRIME PRINTANIER

J.B. LIVINGSTONE

LA MALÉDICTION DU TEMPLIER

EDITIONS GERARD DE VILLIERS

ISBN 2-7386-5643-9

Si l'on mettait un cadenas aux lèvres de tous les menteurs,
Il n'y aurait plus dans le monde
Que fraternité et amour.

Wolfgang Amadeus Mozart,
La Flûte enchantée

CHAPITRE PREMIER

Huit paires d'yeux se penchèrent sur le mort.

— Admirable, estima l'historien Andrew Stappel, sanglé dans son costume trois pièces.

— On ne saurait mieux dire, commenta Antony Alderby, anatomopathologiste* de son état.

Le vieux médecin, âgé de soixante-dix ans, recula d'un pas, bouleversé par le spectacle. Il écrasa le pied de la petite chimiste Jenny Durham, qui contint un cri de douleur.

— Peut-on connaître son nom ? interrogea le père George Bogrey, historien des religions de réputation mondiale.

— Helie Step n'aura aucun mal à déchiffrer le manuscrit ! affirma d'une voix tonitruante William Stoke, se présentant lui-même comme Templier authentique, descendant des Templiers.

— Je ferai de mon mieux, répondit l'interpellée,

* Spécialiste des lésions anatomiques.

une jeune archiviste-paléographe* aux dons incontestés, capable de déchiffrer n'importe quel type d'écriture médiévale.

— En attendant, soyez aimables de vous écarter, demanda d'une voix ferme Eleonora Tuloff. Tout est prêt pour la photo.

Blonde platine, les cheveux courts, vêtue d'une robe noire très courte, Eleonora Tuloff ôta ses chaussures et régla ses appareils. Elle aimait travailler pieds nus, afin de ressentir les énergies telluriques.

— Que personne ne se mette dans le champ.

D'ordinaire, la trentaine chatoyante de la photographe attirait les regards ; mais cette fois, elle ne soutenait pas la comparaison avec l'extraordinaire dépouille mortelle d'un haut dignitaire de l'ordre du Temple, exposée dans la chapelle gothique de Roslin, orgueil des Lowlands d'Écosse, au sud d'Édimbourg.

L'auteur de cette découverte, que les documents officiels nommeraient « l'inventeur », avait le triomphe modeste. Âgé d'une cinquantaine d'années, pas très grand, mal rasé, James Esquin appartenait pourtant à la petite noblesse anglaise. Après tant d'années d'efforts, il touchait enfin au but.

— Surtout, pas de flash ! intervint le professeur Stappel, en se plaçant devant l'objectif.

Les poings sur les hanches, l'œil courroucé, la photographe le tança.

* Spécialiste des écritures anciennes.

— Me prendriez-vous pour une idiote ? Voilà dix ans que je m'occupe des pièces les plus rares et les plus fragiles, et personne ne s'est jamais plaint de mes services !

— Je sais, mademoiselle, je sais, mais ce cadavre...

— Sa valeur ne m'échappe pas. Je prendrai le temps de pose nécessaire et ne le soumettrai à aucune lumière violente. À présent, écartez-vous.

Penaud, le professeur s'exécuta.

Le Templier, indifférent à ces altercations humaines, continuait à dormir de son dernier sommeil. Allongé dans un curieux sarcophage en bois d'acacia, il était vêtu du célèbre manteau blanc à la croix pattée rouge ; le heaume à visière avait été rabattu, cachant son visage. Les mains étaient jointes sur la poitrine ; l'un des gants, tombés en poussière, laissait apparaître les os du squelette.

Sur sa gauche, un parchemin roulé et scellé. Sur sa droite, une lourde épée ; près du pommeau, une sculpture étrange : une tête avec des oreilles d'âne. « Le diable ! », s'était exclamée la chimiste en l'apercevant ; l'archiviste-paléographe l'avait calmée, en lui expliquant qu'il s'agissait d'un symbole Templier, souvent cité dans les procès intentés contre l'ordre, mais jamais découvert jusqu'alors.

Pendant que la photographe opérait, l'aréopage de savants et de techniciens éprouvait la plus grande peine à garder son calme. Si le squelette, la vêture, le parchemin, l'épée et la tête étaient authentiques, quelle fabuleuse trouvaille ! Ne permettrait-elle pas de percer enfin le mystère de l'Ordre secret des Templiers et d'atteindre le trésor tant convoité, dont l'existence était certaine, mais qu'aucun chercheur n'avait encore réussi à localiser ?

Et c'était un amateur sans envergure, un petit nobliau anglais sans prestance, qui damait le pion aux meilleurs spécialistes du Temple... Ravi, James Esquin sentait se poser sur lui des regards envieux et jaloux. Demain, sa photographie et celle du Templier secret seraient à la première page des journaux. Lui, l'inconnu, le sans-grade, l'inutile, deviendrait aussi célèbre que Howard Carter lorsqu'il avait brisé les sceaux de la tombe inviolée de Toutankhamon. Quelle belle revanche sur son existence morne et solitaire, privée d'amour et d'amitié ! Au moins jouirait-il de la gloire.

Antony Alderby, spécialisé dans l'examen des cadavres, des dépouilles et des squelettes historiques, s'approcha d'Esquin et lui parla à voix basse. Les autres tendirent aussitôt l'oreille pour ne pas perdre un mot de la conversation.

— Racontez-moi encore, Esquin... Je ne m'en lasse pas.

James Esquin prit son souffle. Lui non plus ne se lassait pas de raconter son exploit. Bien campé sur ses jambes, il détacha ses phrases afin que chacun l'entendît.

— Dimanche dernier, le village était assoupi ; le dimanche ici, la vie s'arrête. Ce jour-là appartient au Seigneur.

— Et c'est bien ainsi, estima le père Bogrey, que la chimiste Jenny Durham approuva d'un regard appuyé.

— Sans doute, poursuivit Esquin, mais moi, j'ai une autre forme de religion. C'est pourquoi, tôt le matin, j'ai grimpé la colline, derrière le château abandonné. Un château ? Non, une commanderie templière !

— Hypothèse hautement fantaisiste, objecta le professeur Stappel.

— La tradition populaire est parfois plus fiable que la science.

L'historien haussa les épaules, le nobliau anglais ne se démonta pas.

— Les Templiers ont dû fuir, lorsqu'ils furent menacés de représailles.

— Pas ici, en Écosse ! corrigea le père Bogrey.

— Admettons, renâcla James Esquin ; ils ont tout de même dû partir. Ma conviction était faite : les grottes creusées dans la colline n'offraient-elles pas des cachettes idéales ? Depuis mon installation ici, je les ai explorées une à une. Sans succès. Dimanche dernier, c'était ma dernière chance. En cas d'échec, j'avais décidé de quitter l'Écosse et de retourner à Londres, dans une petite rue grise et triste, en rêvant de trouvailles archéologiques.

Esquin s'interrompit, afin de mieux se concentrer et de revivre chacune des secondes de son extraordinaire aventure.

— Un rideau de brume cachait l'entrée de la grotte, le soleil ne s'était pas levé ; j'avais presque froid. J'ai même hésité à m'enfoncer dans cette gueule d'enfer, mais une force irrésistible m'y a entraîné. Un sol meuble, des parois humides, des chauves-souris... j'ai progressé comme un fantôme, descendu une pente raide, abouti à une sorte de crypte. Là seulement, j'ai allumé ma lampe torche. Et je l'ai vu, le cercueil du Templier !

James Esquin tremblait. Ce moment insensé restait gravé dans sa chair ; l'évoquer le faisait tressaillir.

— J'ai immédiatement prévenu les autorités. Le cercueil a été installé dans cette église, et j'ai exigé la présence de spécialistes avant que l'information ne fût divulguée. Mais vous n'avez pas été faciles à convaincre !

— Il y a tellement de canulars ! déplora le père Bogrey. Sans votre insistance auprès de mes honorés collègues, je ne me serais même pas déplacé.

— Moi aussi, précisa le professeur Stappel.

— Nous sommes tous dans le même cas, avoua la chimiste, mais M. Esquin fut un excellent avocat.

Le nobliau anglais sourit à ces sommités avides d'interroger l'auguste squelette et de lui arracher ses secrets.

— Rien ne prouve encore l'authenticité des documents, avança Helie Step, sceptique.

James Esquin blêmit, s'approcha du Templier et toucha les os de la main droite dénudée.

— Un faux squelette, peut-être ?

Antony Alderby prit l'Anglais par les épaules et l'écarta brusquement.

— Ne touchez à rien, malheureux ! Ce défunt appartient à l'Histoire.

— Allez-vous vous écarter, à la fin ! s'exclama la photographe, furieuse.

Son intervention calma les ardeurs. Pendant plus de deux heures, Esquin, le professeur Stappel, le père Bogrey, le docteur Alderby, la chimiste Jenny Durham, la paléographe Helie Step et le néo-Templier William Stoke assistèrent à la séance de prise de vues. Chacun, dans sa spécialité, imaginait les journées de recherche à venir. Dès que l'identité du Templier serait établie et le cadre historique précisé, la science avancerait à pas de géant. Cette fois, l'Ordre ne lui échapperait pas.

Le soir venu, Eleonora Tuloff accepta de s'interrompre, malgré son envie de continuer.

— Des milliers de clichés seront nécessaires.

— Dès demain, proposa Antony Alderby, je l'examine.

— Qui le garde ? demanda Andrew Stappel, inquiet.

— La police locale au grand complet, répondit

fièrement Esquin. L'église sera hermétiquement close, personne n'y entrera.

L'Anglais posa lui-même les lourds verrous, sous l'œil attentif des savants.

— Êtes-vous satisfait ?

Helie Step et Jenny Durham firent le tour de l'édifice, heureuses de constater qu'il était inaccessible.

— Demain matin, six heures, proposa le médecin.

— Bien... bien sûr, dit James Esquin d'une voix faible.

Il s'appuya contre le mur de la chapelle.

— Ça ne va pas ? s'enquit la photographe.

— Si, si... un moment de fatigue.

— Rien d'étonnant, observa William Stoke. Après toutes ces émotions...

Le nobliau anglais fit quelques pas. À son front, des perles de sueur, malgré la fraîcheur de novembre. Alors qu'il s'effondrait, le père Bogrey et le docteur Alderby le soutinrent.

— Il faut vous asseoir, mon vieux ! recommanda ce dernier. Vous êtes victime d'un malaise.

— Non, non, ce n'est pas possible...

Les deux hommes l'aidèrent à s'agenouiller sur la pelouse. James Esquin porta la main droite à sa poitrine.

— Le Templier, il...

Les yeux fixes, le buste raide, James Esquin tomba la face contre terre.

Le médecin se pencha sur lui.

— Appelons vite l'hôpital ! préconisa Jenny Durham.

— Inutile, répliqua Alderby. Il est mort.

— Ça ne m'étonne pas, commenta William Stoke en geignant. Nous n'aurions pas dû nous réunir aujourd'hui.

— Pourquoi dites-vous ça ? demanda Helie Step.

— Parce que nous sommes un vendredi treize, le jour de l'arrestation de Jacques de Molay, grand maître de l'ordre du Temple. La malédiction est sur nous, sur nous tous !

CHAPITRE II

L'ex-inspecteur-chef Higgins, pourtant considéré comme le meilleur nez de Scotland Yard, avait pris une retraite anticipée afin de pouvoir s'occuper de sa roseraie, de relire les bons auteurs et de se promener dans les bois proches de son domaine familial du Gloucestershire. Le manoir du XVIIIe siècle était l'un des fleurons de The Slaughterers, un paisible village situé à l'écart du monde et du bruit. Toit d'ardoises anciennes, murs de pierre blanche, fenêtres à petits carreaux rythmant deux étages disposés selon le nombre d'or, hautes cheminées, porche soutenu par deux colonnes gardaient le souvenir d'une époque révolue, et la musique secrète d'un passé que Higgins préservait comme un trésor.

Plutôt trapu, de taille moyenne, les cheveux noirs, la lèvre supérieure ornée d'une moustache poivre et sel, les tempes grisonnantes, l'air débonnaire, l'œil inquisiteur et malicieux, l'allure bonhomme, l'ex-inspecteur-chef était un confesseur-né qui inspirait confiance. Délivré des contraintes de l'administration et des pressions d'une hiérarchie souvent fondée sur des valeurs contestables, Higgins se plaisait à voir couler la minuscule rivière Eye et à discuter avec son ami Trafalgar, un magnifique chat siamois aux yeux bleus, l'un des meilleurs gastronomes du Royaume-Uni. La perspicacité du félin, dont le langage discret contenait davantage de sens que certains bavardages humains, lui avait permis de faire le tri dans ses pensées et de résoudre quelques enquêtes difficiles.

Après lui avoir servi un émincé de rougets accompagné de petits pois aux lardons, Higgins s'était dirigé vers sa roseraie, entretenue sans aucun produit chimique. Ses *climbers*, rosiers grimpants d'une belle vigueur, étincelaient de jeunesse et de couleurs ; palissés sous une tonnelle, à l'abri du vent, ils fleurissaient tout l'automne, suscitant l'étonnement des adeptes de produits toxiques qui dévastaient les fleurs en tuant insectes et parasites.

Meurtres, mensonges, trahisons, vanités, égoïsmes... De l'espèce humaine, Higgins n'ignorait plus rien. Sa collection de carnets noirs, soigneusement rangés dans une armoire dont lui seul connaissait le mécanisme d'ouverture, contenait la vérité sur quantité d'affaires criminelles, vérité souvent trop effroyable pour être portée à la connaissance du grand public. Pourtant, malgré une existence consacrée à lutter contre le mal, l'ex-inspecteur-chef demeurait capable de s'émerveiller en contemplant un coucher de soleil ou en respirant le parfum du chèvrefeuille.

Depuis deux jours, un couple de papillons, oublieux de la saison, dansait au-dessus de la roseraie. Deux magnifiques « grand porte-queue » déployaient leurs ailes jaunes et noires sous le timide soleil d'automne. Higgins laissait en friche le coin le plus ensoleillé d'un jardin d'agrément, afin d'offrir aux chenilles l'abri de plantes variées ; orties, trèfles, violette des chiens servaient de pouponnières à de splendides papillons aux couleurs variées.

Lorsque Mary apparut au seuil de la roseraie, les poings sur les hanches, Higgins sut que des ennuis s'approchaient à grands pas. À soixante-dix ans, la robuste gouvernante ignorait jusqu'à la notion même de maladie ; elle avait traversé deux guerres mondiales, des dizaines de crises économiques et d'innombrables drames domestiques, sans perdre une once d'assurance et d'énergie. Prenant Scotland Yard pour un repaire de bandits et l'arthrite de Higgins pour une maladie imaginaire, elle croyait en l'Angleterre, en Dieu et au progrès. À cause d'elle, le téléphone s'était introduit dans le manoir.

— On vous demande.

— Je crains d'être occupé.

— Il paraît que c'est urgent et important.

— De la part de qui ?

— Le superintendant Marlow. Encore un de vos

crimes où vous piétinerez pendant des journées entières avant de revenir ici avec un soi-disant rhume de cerveau. Moi, j'ai à faire.

Elle s'éloigna en direction de la cuisine où elle mitonnait des plats succulents qu'un chef bourguignon n'aurait pas désavoués. À contre-cœur, Higgins la suivit, non sans un regard admiratif envers les porte-queue.

L'ex-inspecteur-chef éprouvait une réelle estime pour le superintendant Marlow, policier honnête et consciencieux qui avait voué son existence au Yard. Il appartenait à une race en voie d'extinction pour laquelle un métier était à la fois un honneur et un sacerdoce.

— Que se passe-t-il, mon cher Marlow ?

La voix inquiète du superintendant emplit l'écouteur.

— Pardonnez-moi de vous importuner, Higgins. Il s'agit d'une affaire... très confidentielle. Le téléphone ne me paraît pas...

— Serais-je sur écoute ?

— Qu'allez-vous imaginer !

— En ce cas, parlez.

— J'aimerais mieux...

— Je vous attends.

***

Achetée d'occasion à un revendeur douteux, la

vieille Bentley de Marlow aimait l'air de la campagne. Sa mécanique s'en trouvait rajeunie, et son moteur témoignait d'un dynamisme de jeune fille. Aussi le superintendant accomplit-il en un temps honorable le trajet entre Londres et The Slaughterers.

Higgins lui servit un Royal Salute, le nectar des whiskies, et l'invita à prendre place près de la cheminée du salon. Trafalgar, pelotonné dans un couffin moelleux, ouvrit un œil et leva une oreille ; la voix de Marlow lui étant familière, le siamois replongea dans sa rêverie.

— Je suis très inquiet, Higgins.

Marlow était vêtu d'un costume gris foncé, de mauvaise coupe. Le col de sa chemise bâillait, son nœud de cravate manquait de netteté. Épais, lourdaud, le superintendant disposait pourtant de l'autorité incarnée dans un homme conscient d'agir au nom de la loi.

— Un crime ?

— Peut-être. C'est Babkocks qui m'a alerté.

Babkocks était le meilleur médecin légiste du Royaume-Uni. Ses diagnostics, fruits d'une expérience incomparable, semblaient infaillibles.

— Vous possédez une certitude ?

— Pas encore. À dire vrai, c'est un collègue écossais de Babkocks qui lui a signalé un cas bizarre. James Esquin, un propriétaire terrien, est mort brutalement en sortant de la chapelle de Roslin.

— Roslin, dites-vous ?

— Vous connaissez ?

— Un lieu fort étrange. De quel destin fatal fut victime ce M. Esquin ?

— Une sorte de crise cardiaque, mais ni le coroner ni le légiste n'ont accordé le permis d'inhumer.

— Pour quelle raison ?

— À cause du Templier.

— Pourriez-vous être plus clair ?

— La dépouille d'un Templier a été exposée dans la chapelle. D'après une légende locale, il fera périr tous ceux qui ont osé profaner sa sépulture et troubler son repos.

— Le coroner et le légiste accorderaient-ils crédit à cette fable ?

— Non, bien sûr, mais ils préfèrent prendre leurs précautions.

— Eh bien, attendons le jugement de Babkocks.

— Sa première impression est défavorable ; ce soir, il me donne des résultats définitifs. Si vous pouviez être présent...

— Vous me cachez un fait essentiel, mon cher Marlow.

Le superintendant baissa la tête.

— J'ai un cas de conscience.

— Soyez sans crainte : aucune de vos pensées ne sortira d'ici.

— Je le sais, Higgins, et je vous en sais gré. Il s'agit... de la reine.

Scott Marlow éprouvait une profonde admiration pour Sa Majesté Elizabeth II, qu'il considérait comme la plus belle femme du monde. Il rêvait d'appartenir un jour au corps d'élite chargé de sa protection rapprochée, mais encore fallait-il mener une carrière sans la moindre tache.

— Sa Majesté s'est rendue à Roslin il y a une quinzaine de jours, à l'occasion d'une fête de charité. Supposez... supposez qu'elle soit, elle aussi, victime de la malédiction du Templier !

CHAPITRE III

Sosie de Winston Churchill, Babkocks portait d'ordinaire une veste d'aviateur en cuir, héritage de son passé héroïque dans la Royal Air Force ; dans les poches profondes, il enfournait des déchets de tabacs exotiques avec lesquels il composait des cigares dont seuls les cadavres pouvaient supporter la puanteur. Se déplaçant sur une moto pétaradante provenant du champ de bataille d'El-Alamein, il examinait toujours les victimes sur le terrain avant de les scruter dans son laboratoire où personne n'avait le droit d'entrer. Babkocks, dont la réputation de légiste se consolidait meurtre après meurtre, tenait à restituer des dépouilles en parfait état.

Babkocks buvait un triple whisky sec quand il vit apparaître Higgins et Marlow.

— Sacré Higgins ! Serais-tu de sortie ?

— Reviendrais-tu de Roslin ?

— Toujours aussi perspicace.

— Tes conclusions ?

Le légiste fit tomber la cendre de son cigare dans le verre de whisky.

— La science, Higgins, la science ! Une maîtresse d'une effroyable inconstance... la rigidité cadavérique, l'heure de la mort, le contenu de l'estomac, rien n'est vraiment certain ! On croit détenir des vérités, et l'on s'enfonce dans l'illusion. Vanité des vanités, mon vieil Higgins !

Marlow s'impatientait. Aux considérations philosophiques, il préférait les faits.

— Connaissez-vous les causes de la mort de James Esquin ?

Babkocks vida son verre.

— La mort... elle est partout présente, superintendant ! Sans elle, les appartements ne se videraient pas et la terre serait encore plus invivable qu'elle ne l'est déjà.

— Mais Esquin ?

Le légiste ferma les yeux et réfléchit.

— Cadavre médiocre. Foie abîmé, bronches sans intérêt, cœur de seconde catégorie... pas de quoi pavoiser. Ce pauvre type n'aurait pas été centenaire.

— Mort naturelle ? demanda Marlow, plein d'espoir.

— La mort est forcément naturelle, répondit Babkocks. Celle-là comme les autres. Un bel arrêt du cœur pour simplifier.

— À quoi est-il dû ? interrogea Higgins.

— Là, ça se complique. Mes honorés collègues ont eu raison de se méfier.

L'inquiétude serra le cœur de Marlow.

— Pourquoi ce jugement ?

— Parce que le Templier est coupable.

— Insensé ! protesta Marlow. Ce n'est qu'une légende populaire !

— Avouez qu'elle vous taraude, superintendant ? Et vous avez raison ! Puisque tout le monde en parle, à Roslin, j'ai fait procéder à des prélèvements dans l'église, en divers endroits, et sur le squelette du Templier.

— Superbe initiative, commenta Higgins.

— J'ai joué un peu les inspecteurs, je l'avoue.

Marlow bouillait d'impatience.

— Pourquoi accusez-vous ce malheureux squelette ?

Babkocks ralluma son cigare.

— *Aspergillus flavus.*

— Pardon ?

— Une bactérie hautement toxique et très spéciale. Elle s'attaque au système sanguin, cause des troubles cardio-vasculaires, provoque explosion de l'aorte, infarctus et embolie. J'ai décelé cette embolie chez la victime et chez l'assassin.

— L'assassin...

— Le Templier. La bactérie se trouvait dans les os de la main droite du squelette. Quiconque l'a touchée fut contaminé et succombera un jour ou l'autre.

Scott Marlow blêmit.

— Quiconque...

— C'est ainsi, assena Babkocks, et personne n'y changera rien. Quant à un traitement, n'y songez pas. Les médecins vous mentiront, comme d'habitude. L'*Aspergillus flavus* frappe sans rémission.

Marlow imaginait Sa Majesté touchant la main mortelle du Templier.

— Impossible, objecta Higgins, lisant dans la pensée de son collègue.

— Vous croyez vraiment ?

— Sans nul doute. Une telle attitude serait incompatible avec le protocole.

Le superintendant se servit un verre ; au moment de boire, une autre angoisse le saisit.

— Cette bactérie pourrait-elle flotter dans l'air et contaminer n'importe quel visiteur ?

— Avec l'*Aspergillus flavus*, répondit Babkocks, très sombre, on ne peut jurer de rien.

— Que préconises-tu ?

— Détruire le Templier.

— Difficile à envisager, estima Higgins : historiens et spécialistes manifesteront leur hostilité.

— Si vous pénétrez dans la chapelle, portez un masque et priez l'*Aspergillus flavus* de rester collée sur le squelette.

⁂

De retour à The Slaughterers, Marlow, malgré

l'heure tardive, prit contact avec une dizaine de grands spécialistes des bactéries en tout genre ; de leurs avis contradictoires, il ressortit que les appréciations de Babkocks étaient exactes. Assis à son bureau, la tête dans les mains, le superintendant vivait une véritable tragédie.

— Il faut prévenir Buckingham.

— Pas de précipitation, recommanda Higgins.

— Mais enfin ! C'est notre devoir. Nous n'avons pas le droit de garder par-devers nous une information pareille et de...

— Affoler inutilement Sa Majesté serait une erreur grave.

L'argument toucha Marlow.

— Il est probable que cette bactérie se transmet seulement par contact, continua Higgins. Et puis, vous oubliez un détail fort important.

— Lequel ?

— Le squelette du Templier se trouvait-il déjà dans la chapelle lorsque Sa Majesté l'a visitée ?

Marlow sentit l'espérance renaître.

— Je pars immédiatement pour Roslin ; là-bas, je saurai la vérité.

— Je vous accompagne, mon cher Marlow.

— Vous, Higgins ?

Le superintendant était stupéfait. Convaincre Higgins de quitter sa retraite de The Slaughterers présentait d'ordinaire des difficultés considérables.

— Voyez-vous, mon cher Marlow, la malédiction

du Templier n'est pas à prendre à la légère. Babkocks l'a clairement désigné comme l'assassin ; pourquoi cesserait-il de commettre des meurtres ? Plusieurs personnes sont en danger. Notre devoir n'est-il pas de les sauver ?

— Vous avez mille fois raison. Je suis persuadé que cette légende et cette bactérie sont des trompe-l'œil. N'y aurait-il pas un véritable crime, là-dessous ?

— Puisqu'un Templier est en jeu, pourquoi pas ?

CHAPITRE IV

Des larmes de pluie tombaient sur les collines arrondies et verdoyantes des Lowlands. Les bruyères dansaient sous le vent d'Ouest qui soulevait de hautes vagues, façonnant la surface des lacs en de lourds drapés aux formes changeantes. Vaincu, le soleil s'était enfoncé dans les monts érodés, où le sang de l'Écosse continuait à crier vengeance contre l'Angleterre.

Higgins aimait le Lothian, étroite plaine fertile au sud d'Édimbourg ; la terre, ici, se voulait riche, sans renier la lande, les forêts de pins, les vallées encaissées et profondes, les immenses pâturages et les vieilles fermes abandonnées où s'ancraient les souvenirs des victoires et des défaites, des combats menés contre la nature ou l'envahisseur. À l'abri des monts de Lammermuir sommeillaient des villages tranquilles, refusant d'entrer dans l'ère moderne, et veillant jalousement sur les traditions d'un autre temps où l'honneur du clan ancrait ses membres dans l'éternité.

Le petit bourg de Roslin ne comprenait qu'une seule rue bordée de boutiques et de maisons modestes, sans oublier deux pubs. Non loin s'ouvrait une gorge hostile qu'avaient dû explorer les chevaliers du Temple se rendant à la commanderie de Balantrodoch, sans craindre les sentiers dangereux et les pentes glissantes.

Sans hésiter, Higgins guida Scott Marlow jusqu'à la chapelle gothique, bien à l'abri dans les bois au sommet d'une colline. Le superintendant fut étonné ; l'édifice avait l'allure d'une petite cathédrale, avec ses deux étages, ses fenêtres cintrées et ses arcs-boutants. Il s'en dégageait une puissance certaine.

— Une grande œuvre inachevée, indiqua Higgins.

— Quel était le projet ?

— Une très grande église. Les travaux débutèrent en 1466 et rassemblèrent des artisans venus de l'Europe entière. Des artisans qui avaient abrité les Templiers en fuite, recherchés par les polices et les autorités religieuses. Pendant quatre-vingts ans, Roslin fut l'un des plus beaux chantiers de cathédrales, mais aussi l'un des derniers. Le monde changeait. Il ne s'intéressait plus à la construction d'édifices sacrés. Seule cette partie de la cathédrale future vit le jour.

— Les fonds ont manqué, je suppose ?

— Exactement. Et le rêve fut brisé.

— Vous êtes déjà venu ici, dirait-on ?

— Beaucoup de légendes courent sur cet endroit. Voilà bien longtemps que le spectre d'un chevalier vengeur rôde dans la lande et les bois. Peut-être vient-il de se matérialiser.

Marlow se sentit brusquement moins sûr de lui. Lui qui détestait la campagne, l'herbe mouillée, la boue et le vent, perdait peu à peu la force et l'équilibre indispensables à un superintendant de Scotland Yard. Roslin était un endroit magique, mais cette magie-là le mettait mal à l'aise.

— On nous observe, dit Higgins à voix basse. Un homme caché derrière le pilier, à gauche de l'entrée. Avez-vous emporté votre arme de service ?

— Redouteriez-vous une agression ?

— Les Templiers étaient des moines, mais aussi des soldats. Ils apprenaient à se battre et à tuer.

Marlow vérifia, en tâtant les poches de son imperméable froissé.

— J'ai de quoi leur répondre, selon la loi.

— Si nous entrions ?

— Mais la bactérie...

— Babkocks m'a donné des masques chirurgicaux ; nous ne risquerons rien.

La pluie s'accentua. De lourds nuages gris jouaient à saute-mouton avec les collines d'Écosse.

L'homme sortit de sa cachette et se plaça devant l'entrée de la chapelle de Roslin, les bras en croix.

— Entrée interdite, messieurs !

Le personnage, malgré un âge avancé, semblait étonnamment vert. Sa forte carrure, ses larges mains, sa chevelure abondante et ses sourcils broussailleux évoquaient un homme des bois, surgi de la forêt toute proche. Sa chemise s'ouvrait sur un poitrail fourni ; un simple pull-over lui suffisait pour se protéger de l'humidité et de la fraîcheur. Il était chaussé de bottes.

— L'édifice serait-il fermé aux visiteurs ? demanda Higgins.

— Pour une durée indéterminée, en effet.

— Nous ne sommes pas des visiteurs ordinaires.

— Les journalistes n'ont rien à faire ici. Après le passage du coroner et d'un curieux personnage au cigare puant, j'ai décidé d'interdire l'accès de ce lieu sacré.

— Mon nom est Higgins et je vous présente mon collègue, le superintendant Marlow, de Scotland Yard.

— Mais alors... vous êtes la police de Sa Majesté !

— Nous avons cet honneur, répliqua Scott Marlow avec fierté.

L'homme des bois baissa les bras.

— Antony Alderby, anatomopathologiste.

— Seriez-vous chargé de la protection de cette chapelle ?

— Je m'en suis chargé moi-même. Nous avons vécu un drame, ici.

— Le décès de James Esquin, je suppose ?

— Vous venez... pour enquêter ?

— En effet.

— J'étais sûr que cette mort était suspecte !

Antony Alderby alluma une cigarette.

— Pourquoi cette suspicion ? interrogea Higgins.

— Rien de tangible, je vous le concède, mais un mauvais goût dans la bouche. Esquin n'était pas un grand esprit, mais il semblait en excellente forme.

— Votre spécialité vous permettait-elle d'en juger ?

— À dire vrai, non. Je m'occupe de cadavres très anciens ; dès que l'histoire médiévale nous en restitue un, au cours d'une fouille, on fait appel à mes services. Plus exactement, on faisait... car je suis à la retraite depuis peu.

— Pourquoi êtes-vous présent à Roslin ?

— Les Templiers sont mon domaine de prédilection. Dès que j'ai appris la découverte d'Esquin, j'ai demandé à l'examiner. La faculté d'Édimbourg m'a accordé ce privilège, en raison de mes états de service.

— Comment James Esquin est-il mort ?

— En sortant de l'église. Sa voix s'est affaiblie, il a vacillé, s'est appuyé contre le mur. L'émotion et la fatigue, semblait-il ; mais le malaise ne s'est pas dissipé. Il a pourtant fait quelques pas, puis s'est effondré. Le père Bogrey et moi-même l'avons soutenu, puis aidé à s'asseoir. Son front était en sueur son teint très pâle. Il a porté la main droite à sa poitrine, ses yeux sont devenus fixes, et il est tombé face contre terre. Je me suis penché sur lui et j'ai constaté que la mort avait fait son œuvre. Crise cardiaque, en apparence.

— Pourquoi cette restriction ?

— Honnêtement, je ne sais pas.

— Croiriez-vous en la malédiction du Templier ?

— Eh bien...

Scott Marlow intervint avec fougue.

— Vous êtes un homme de science, monsieur Alderby ! Comment pourriez-vous cautionner de telles sornettes ?

Le spécialiste des cadavres historiques parut embarrassé.

— Eh bien... les Templiers possédaient d'étranges pouvoirs. Leur Ordre était riche, mais ils ne s'intéressaient pas qu'aux biens matériels. En Orient, ils ont eu de nombreux contacts avec des magiciens et des sorciers. Qui sait s'ils n'ont pas rapporté une science dont nous sommes encore incapables de comprendre les arcanes ? Certes, la découverte de ce malheureux Esquin est extraordinaire, mais n'a-t-il pas eu tort de violer le silence d'un mort ?

— Il ne reste qu'une solution, conclut Higgins : arrêtons l'assassin.

CHAPITRE V

Antony Alderby considéra Higgins avec attention.

— Vous aussi, vous croyez à un crime... Mais qui comptez-vous arrêter ?

— Le Templier, bien entendu.

— Si c'est bien lui... comment s'y est-il pris ?

— *Aspergillus flavus*, une bactérie tueuse, qui se trouvait sur le squelette.

— Je comprends... ce sont les conclusions de l'homme au cigare qui fouillait partout.

— Babkocks, le meilleur légiste du pays.

— Un simple accident, par conséquent.

— J'aimerais en être sûr, dit Higgins, énigmatique.

— Je n'ai pas le droit de vous laisser emporter la dépouille de ce preux chevalier.

— Pour quelle raison ?

— Mes collègues et moi-même n'avons pas eu le temps de l'examiner. C'est une pièce archéologique essentielle qui éclairera de manière décisive l'histoire de l'Ordre du Temple.

— L'un de vous a-t-il touché le squelette ?

Percevant enfin la gravité de la situation, Antony Alderby tenta de rassembler ses souvenirs.

— Comment être certain... j'avais recommandé aux membres de l'équipe scientifique de ne rien entreprendre avant que mon examen fût terminé.

— Donc, vous-même...

— Soyez rassuré, inspecteur... Je portais des gants, comme d'habitude. J'espère que les autres ne se seront pas montrés trop curieux, derrière mon dos. Si l'un d'eux a manipulé ces os vénérables...

— Soyons optimistes, monsieur Alderby. Où se trouvent-ils ?

— Chez James Esquin. Il nous avait accordé l'hospitalité.

— Nous nous entretiendrons avec vos amis dès aujourd'hui. Si l'un d'eux a touché au squelette, nous lui conseillerons de se rendre sans délai à l'hôpital d'Édimbourg. À présent, ouvrez la porte de la chapelle.

Antony Alderby rechigna.

— Est-ce vraiment nécessaire ?

— Indispensable.

— Ne tourmentons plus ce Templier, puisque vous avez découvert la vérité. Souvenez-vous de ce qu'écrivait Michelet sur l'Ordre : « Le soldat a la gloire, le moine le repos. Le Templier abjurait l'un et l'autre. Il réunissait ce que les deux vies ont de plus dur ; les périls et les abstinences. » Par respect pour leur mémoire, laissez celui-là en paix.

— Désolé, mais nous devons le voir. Vous-même l'avez bien examiné.

— Moi, c'était pour la science. La mort d'Esquin est un avertissement : n'allons pas plus loin.

— La clé, monsieur Alderby.

La fermeté du ton brisa la résistance de l'anatomopathologiste. Il sortit de sa poche une lourde clé en fer, et l'enfonça dans la serrure de la belle porte ancienne qui donnait accès à la chapelle.

— Mettez ceci, recommanda l'ex-inspecteur-chef en lui offrant un masque.

Marlow, avant de se protéger, posa la question qui lui brûlait les lèvres.

— Monsieur Alderby... Depuis quand la dépouille du Templier est-elle exposée ?

— Lorsque nous sommes arrivés, la mise en scène de James Esquin était achevée. Depuis peu, je suppose.

— Avez-vous entendu parler d'une récente visite de la reine ?

Antony Alderby releva le menton.

— Je suis écossais, superintendant. Ce genre d'événement ne me concerne pas.

Dépité, Marlow suivit l'hôte du Yard.

Il fut étonné par la luxuriance du décor intérieur. Les sculpteurs s'en étaient donné à cœur joie ; ici, l'expression « dentelle de pierre » prenait tout son sens. Quantité de chapiteaux représentaient des figures étranges, sans grand rapport avec la doctrine chrétienne orthodoxe. Marlow s'attarda devant un personnage, la tête en bas et sévèrement ligoté. Il souhaita un sort pareil à tous les assassins.

L'orient de la chapelle était surélevé. Le cercueil du Templier avait été déposé au pied d'une superbe colonne cannelée autour de laquelle s'enroulaient des lianes de pierre d'une incroyable finesse.

— On l'appelle le pilier de l'Apprenti, révéla Antony Alderby.

— Pour quelle raison ? demanda Marlow.

— En l'absence de son maître d'œuvre, un apprenti a créé lui-même ce pilier et réalisé un décor d'une incroyable virtuosité. Lorsque le maître est revenu, il est entré dans une violente colère ; fou de jalousie, il a tué l'apprenti qui avait eu le tort de le surpasser.

— Un bien mauvais maître, estima le superintendant.

— Certes, mais la beauté de l'église de Roslin est en partie bâtie sur ce terrible meurtre, rappela Higgins.

La gravité du ton fit frissonner le superintendant.

Higgins avança vers le sarcophage, recouvert d'une bâche.

— Je n'ai pas trouvé de meilleure protection, avoua Antony Alderby.

— Ne devriez-vous pas porter un masque, Higgins ? s'inquiéta Marlow.

— J'espère que cette bactérie ne sera pas agressive.

— Étant le plus âgé, déclara Alderby avec superbe, je prends le risque.

Il ôta la bâche d'un geste déterminé.

Apparut la surprenante figure d'un chevalier du Temple, vêtu de son long manteau blanc orné d'une croix rouge. Bien que réduit à l'état de squelette, il gardait une réelle noblesse. Au-delà de la mort, l'esprit du trépassé continuait à imposer sa grandeur.

— Connaît-on son nom ? interrogea Higgins.

— À l'unanimité, nous avons confié à Helie Step, remarquable paléographe, le manuscrit déposé près du corps. Nous connaîtrons bientôt ses conclusions.

L'ex-inspecteur-chef admira la grande épée, symbolisant le pouvoir chevaleresque et la défense des vertus qu'il incarnait. Puis son regard se concentra sur la sculpture, placée près du pommeau : une tête avec des oreilles d'âne.

— Serait-ce le fameux *Baphomet ?*

— Sans doute, répondit Antony Alderby, gêné. Beaucoup de spécialistes étaient persuadés que cette monstruosité n'existait pas.

— Pourtant, le chef d'accusation...

— Je sais, je sais ! Helie Step nous a rappelé le texte de la chronique de Saint-Denis : « *Ils vont adorer une idole qui est faite d'une vieille peau, embaumée et polie. Le Templier met en elle foi et croyance. Cette idole a des yeux d'escarboucle qui brillent comme la clarté du ciel.* » La description et la réalité ne correspondent guère.

— Le *Baphomet* n'a-t-il pas revêtu plusieurs formes ?

— Peut-être, peut-être... en avez-vous assez vu ?

— J'aimerais rester seul avec lui, sollicita Higgins.

— N'est-ce pas imprudent ?

— N'est-il pas décédé depuis plusieurs siècles ?

— En ce cas, pourquoi...

— Ce chevalier est accusé, même indirectement, de meurtre. J'ai donc le devoir de l'interroger.

Marlow prit Alderby par le bras.

— Laissons-le, je vous en prie.

CHAPITRE VI

Higgins sortit une heure plus tard de la chapelle de Roslin. Son visage était indéchiffrable. Une pluie fine nourrissait une herbe grasse.

— Allez-vous bien ? demanda Marlow, inquiet.

— Cet entretien fut fructueux. Pourrions-nous voir les autres membres de l'équipe scientifique ?

Antony Alderby les guida vers le château de James Esquin, triste bâtisse dressée sur une colline au sommet usé par les siècles. Ils passèrent devant un *dovecot*, construction typiquement écossaise de forme ronde, comportant un trou en son centre. Au Moyen Âge, on y conservait de la viande de pigeon, salée avant l'hiver ; puis l'usage s'était étendu à d'autres nourritures, avant que le modernisme ne condamnât les *dovecots* à l'oubli et à l'abandon.

Le trio grimpa un étroit sentier que dominait le donjon, puissante tour de défense dont l'intérieur avait été aménagé en une agréable résidence. Des pierres taillées en pointes de diamant, caractéristiques de la Renaissance italienne, adoucissaient l'austérité du granit gris ; deux tourelles rondes rendaient moins rébarbatif le bastion massif dont la seule présence avait souvent suffi à écarter rôdeurs et pillards. Depuis l'époque celte, s'étaient succédé là de petits seigneurs jaloux de leur pouvoir, de leurs champs, de leurs forêts et de leurs étangs poissonneux. Défaites et misère avaient eu raison du dernier propriétaire, contraint de quitter le château pour payer ses dettes. Détresse suprême, il avait été restauré et rendu habitable par des Anglais.

Sur le seuil, les attendait un homme d'une soixantaine d'années, grand, un peu voûté, au visage tout en longueur ; un costume noir très strict et une lavallière lui donnaient un air auguste, presque compassé.

— Vous fûtes fort long, mon cher Alderby ! Nous étions inquiets, je vous l'avoue.

— L'église est bien fermée, soyez rassuré. Mais je dois vous présenter le superintendant Marlow et l'inspecteur Higgins, de Scotland Yard. Messieurs, voici le père Bogrey, éminent historien des religions, dépêché par l'université pour étudier le cas du Templier.

— La police... Voilà qui confirme vos craintes.

— Une bactérie tueuse aurait mis fin aux jours du malheureux Esquin. J'espère, mon père, que vous n'avez pas touché au squelette !

— D'aucune manière ; moi-même et mes collègues avons strictement respecté vos consignes.

— Tant mieux.

Le père Bogrey se tourna vers les deux policiers.

— Quel sera votre rôle, messieurs ?

— Établir la vérité, répondit Higgins.

— Je comprends mal.

— La mort de James Esquin n'est pas tout à fait claire. Nous aimerions mieux comprendre les circonstances qui l'ont entourée.

— Redouteriez-vous...

— On parle beaucoup de la malédiction du Tem plier ; nous devons nous assurer qu'elle ne frappera pas d'autres victimes.

Marlow était étonné de l'engagement d'Higgins dans cette affaire, alors que l'hypothèse du crime était hautement improbable. L'ex-inspecteur-chef semblait pourtant persuadé que le décès de James Esquin n'était que la pointe émergée d'un iceberg.

— Auriez-vous eu vent, mon père, d'un récent passage de la reine à Roslin ?

Le père Bogrey prit un air pincé.

— Ce genre de question ne me préoccupe pas.

Une violente bourrasque fit presque vaciller les quatre hommes.

— Si nous rentrions ? proposa Alderby.

Les deux savants et les deux policiers franchirent le porche et découvrirent un bel espace intérieur, un vert boulingrin, autrement dit un *bowling-green*, gazon rustique sur lequel on pouvait jouer aux boules. Dans un angle, un puits que protégeait un édicule en pierre couvert d'un petit toit conique.

Le père Bogrey poussa la porte d'une grande salle aux plafonds peints de figures étranges, licornes, phénix, dragons et autres salamandres. Au fond, une superbe cheminée Renaissance tout à fait insolite dans cet austère château écossais.

Un homme d'une quarantaine d'années, à la barbe et à la moustache fournies, se précipita sur les arrivants.

— Avez-vous mis mon ancêtre en sécurité ?

Antony Alderby haussa les épaules, ulcéré.

— Je vous présente William Stoke, qui se prétend Templier en exercice.

— J'ai cet honneur et ce privilège, en effet !

William Stoke releva la mèche qui lui tombait sur le front ; ses yeux noirs et fiévreux, abrités derrière d'énormes lunettes, animaient un visage épais, manquant de distinction. Cheveux longs grisonnants et double menton n'amélioraient pas son esthétique.

— Mesurez vos propos, recommanda le père Bogrey ; ces messieurs sont le superintendant Marlow et l'inspecteur Higgins.

— Scotland Yard ! Que signifie votre présence ?

— Vous le saurez à la bonne heure, répondit Higgins.

— Personne ne veut reconnaître ma qualité, se plaignit William Stoke ; puisque vous êtes la police, convainquez ces gens qu'ils se trompent ! Ce ne sont que des historiens, des savants, des érudits, alors que moi, je suis un Templier, et un Templier bien vivant !

— Pouvez-vous le prouver ?

— Mon nom seul suffit.

— Expliquez-vous.

— Mon ancêtre s'appelait John Stoke. Il était trésorier de l'Ordre du Temple et fut enfermé à la Tour de Londres, accusé de crimes qu'il n'avait pas commis.

— Exact, intervint un homme élégant, de taille moyenne, du même âge que Stoke.

Costume en laine des Shetlands, nœud papillon, cheveux blancs en brosse, montre de gousset lui donnaient fière allure.

— Permettez-moi de me présenter : Andrew Stappel, historien et professeur à l'université d'Édimbourg.

— Vous cautionnez donc la déclaration de M. Stoke ?

— John Stoke a bel et bien existé, voilà tout. Pour le reste, ce faux Templier est parfaitement exaspérant. Au même titre que cette assemblée, d'ailleurs. On jurerait que tout le monde perd la tête, ici.

— Pourquoi ce jugement ?

— Regardez autour de vous, inspecteur ! Que des scientifiques de renom acceptent de se cloîtrer ici et de se plier aux exigences d'Alderby est proprement inconcevable.

— N'exagérez pas, protesta ce dernier.

— Exagérer, moi ! Ne vous êtes-vous pas approprié la dépouille de ce Templier ?

— Simple nécessité scientifique.

— Véritable obsession, plutôt !

— Si j'ai enfermé le Templier dans l'église, c'est pour le mettre à l'abri de toute atteinte.

— Vous avez dérobé la clé de l'édifice et, à présent, vous nous ramenez la police ! Moi, je m'en vais.

— Puis-je vous prier de rester ? intervint Higgins.

— Pour quelle raison ?

— Le brusque décès de James Esquin ne vous a-t-il pas intrigué ?

Andrew Stappel leva les bras au ciel.

— Nous y voilà ! La fameuse malédiction des Templiers ! Quand serons-nous débarrassés de cette sottise ?

— Jamais ! intervint William Stoke.

Le professeur tança le néo-Templier.

— Malgré le nom que vous portez, cher monsieur, vous n'êtes qu'un imposteur et un plaisantin.

— Nierez-vous que James Esquin ait été frappé de la malédiction un vendredi treize ?

CHAPITRE VII

— Taisez-vous donc, ordonna sèchement Andrew Stappel.

Très exalté, le néo-Templier refusa d'obtempérer.

— Chaque vendredi treize, un fantôme, portant un manteau à croix rouge et brandissant une lourde épée, apparaît dans les commanderies templières. « Qui désire délivrer le Saint Sépulcre ? », demande-t-il ; « Personne ! répondent les vieilles pierres, car le Temple est détruit ! » Voilà le résultat de la machination satanique de Philippe le Bel et de ses alliés ! Le vendredi treize octobre 1307, ce démon a fait arrêter Jacques de Molay et quantité de Templiers. Jamais le monde ne se remettra de cette infâmie.

— L'Histoire est l'Histoire, objecta le professeur. N'y mêlez pas vos fantasmes.

— James Esquin n'aurait pas dû arracher ce Templier à la paix du Seigneur. Il a payé, d'autres suivront.

Scott Marlow n'apprécia guère cette déclaration.

— Serait-ce une menace, monsieur Stoke ?

— La volonté du ciel, superintendant ! Qui pourrait s'y opposer ?

— Ne blasphémez pas, intervint le père Bogrey. C'est à Dieu de juger les fautes des hommes, pas à vous.

— Les Templiers étaient du côté de Dieu, affirma William Stoke, dont le regard reflétait une fièvre conquérante. Faut-il vous rappeler que saint Bernard en personne a favorisé l'expansion des « pauvres chevaliers du Temple de Salomon », chargés de protéger les pèlerins en Terre sainte et de faire de l'Orient un pays chrétien ? N'écrivait-il pas : « *Aimés de Dieu et ordonnés à son service, ils renoncèrent au monde et se consacrèrent au Christ. Ils détestent les jeux de hasard, ont la chasse en horreur. Ils évitent les mimes, les diseurs de bonne aventure, les magiciens et les jongleurs, les chansons lestes. Ils se coupent les cheveux ras, sachant que c'est une ignominie pour un homme de soigner sa chevelure.* »

— En ce cas, ironisa le professeur Stappel, vous devriez vous occuper de la vôtre !

La remarque brisa le bel élan du néo-Templier.

— L'approbation de l'Église est indéniable, nota le père Bogrey. Elle comptait sur le Temple pour rendre sûres les routes d'Occident et permettre aux pèlerins et aux autres voyageurs de se déplacer sans risque.

— Certes, mon cher collègue, mais la réalité est infiniment plus complexe ! Les Templiers semblent avoir oublié Dieu pour s'occuper de leurs intérêts personnels.

— Faux ! hurla William Stoke. Comme eux, je célèbre matines à minuit en priant, je me couche à 1 h 30, je me lève à 6 heures, je me contente d'un frugal repas à midi, je me rends aux vêpres à 17 heures, je soupe à 18 heures et je m'endors à 20 heures en faisant mon acte de contrition. Voilà la sainte vie d'un Templier !

— Ces jours derniers, vous n'avez pas observé ce terrible emploi du temps, remarqua Anthony Alderby.

— Cas de force majeure. Je dois consacrer tous mes efforts à défendre l'honneur de l'Ordre.

— Rassurez-vous, précisa le professeur, bien peu de Templiers se sont conformés à cette règle monacale qu'ils revendiquaient comme une garantie de vertu. Moines, certes, mais surtout soldats ! Et comme tout soldat, ils passèrent plus d'heures à combattre qu'à prier !

— Du moins en Orient, ajouta le père Bogrey ; en Occident, la situation fut sensiblement différente.

— En effet, mon cher collègue ; ils devinrent des banquiers, plus exactement des usuriers, et suscitèrent la convoitise bien compréhensible d'un roi de France en proie à une crise économique et à de graves difficultés financières.

William Stoke s'enflamma de nouveau.

— Le trésor du Temple ! Voilà ce que vous recherchez, savants de pacotille, esprits médiocres, cœurs avides ! Soyez maudits, vous aussi !

Le néo-Templier sortit de la grande salle.

— Bon débarras, estima le professeur. Ce pauvre type devrait être interné.

— Il n'est pas le seul de son espèce, précisa le père Bogrey.

— Les néo-Templiers seraient-ils nombreux ? s'étonna Marlow.

— Quantité de commanderies plus ou moins folkloriques existent à travers le monde ; certaines sont très vivaces, aux États-Unis, en Angleterre, en France ou en Espagne. William Stoke est une sorte de porte-parole œcuménique auquel rien de ce qui est Templier n'est étranger.

— Billevesées, jugea Andrew Stappel. L'Ordre est mort, et bien mort. Il appartient à l'Histoire, à personne d'autre. Tous ces continuateurs sont des imposteurs et des charlatans.

— Certains Templiers ont échappé à l'arrestation, à la torture et au bûcher, rappela Anthony Alderby.

— Cela ne change rien au fait majeur : l'Ordre a été dissous par le pape Clément V, et l'Église ne l'a pas ressuscité.

L'historien se tourna vers le religieux.

— Une objection, mon père ?

— Aucune.

— Laissons les néo-Templiers s'amuser avec leurs beaux manteaux, leurs épées d'opérette et leurs rituels surannés ! Ces gens-là relèvent de la psychiatrie, pas de l'Histoire !

Higgins, d'une écriture fine et précise, prenait des notes sur un carnet noir, à l'aide d'un crayon qu'il avait taillé lui-même.

— Procédé archaïque, estima Andrew Stappel. Vous devriez utiliser un magnétophone.

— Je me méfie de la mécanique ; elle tombe toujours en panne au mauvais moment.

— N'auriez-vous aucune mémoire, inspecteur ?

— Aucune. Et trahir vos propos serait une grave faute professionnelle.

— Mais... serions-nous l'objet d'une sorte d'interrogatoire ?

— D'aucune façon. Vos interventions sont si passionnantes qu'elles méritent d'être retenues.

— Je crois que l'inspecteur ne nous livre pas le fond de sa pensée, suggéra l'anatomopathologiste. Bien que le décès de James Esquin soit officiellement dû à une contamination par une bactérie, M. Higgins semble sceptique.

— Il est heureux que chacun ait suivi vos recommandations, apprécia l'historien, et que personne n'ait touché au squelette. Mais vous-même...

— Je portais un masque et des gants, comme d'habitude.

— Une bactérie, néanmoins...

Marlow poursuivit l'enquête principale.

— Avez-vous eu vent, professeur, d'une visite de Sa Majesté à Roslin ?

— Ma spécialité est l'histoire médiévale, superintendant, pas le chaos contemporain.

Décidément, le vieil antagonisme entre l'Écosse et l'Angleterre n'était pas une légende. Marlow subissait un cruel dilemme. Le service de presse de Buckingham, prévenu du drame de Roslin, nierait toute visite privée de Sa Majesté ; et le Yard ne pouvait l'avertir d'un danger mortel qu'en s'appuyant sur un dossier solide.

Le père Bogrey tâta sa lavallière.

— Je prends subitement conscience de l'importance de votre question, superintendant. Si la reine est venue à Roslin, si elle s'est penchée sur le squelette, si elle l'a touché...

Un long silence succéda à ces suppositions.

— En ce cas, dit Higgins, il s'agirait d'une tentative de meurtre avec préméditation sur la personne de Sa Majesté, et James Esquin n'aurait été qu'une innocente victime.

CHAPITRE VIII

Le professeur fut le premier à réagir.

— Et vous osez nous soupçonner ?

— Vous êtes tous les trois écossais, et ne semblez pas porter la monarchie britannique dans votre cœur.

— Le sentiment politique est une chose, indiqua le père Bogrey, tuer en est une autre. Pour ma part, je puis affirmer que j'ignore tout d'une visite d'Élizabeth II à l'église de Roslin.

— Je ne suis qu'historien, rappela Andrew Stappel. Si quelqu'un est capable de manipuler des bactéries, qui d'autre qu'Antony Alderby ?

L'anatomopathologiste serra les poings et marcha vers le professeur.

— Je crois que je vais vous abîmer le portrait.

— Allez-y, aggravez votre cas.

— Du calme, intervint Marlow. Jusqu'à l'établissement de la vérité, personne ne quittera ce château.

— Serions-nous considérés comme... suspects ? interrogea Andrew Stappel.

— Vous avez dit le mot juste.

— Je proteste ! Je proteste au nom de l'Histoire, de la dignité de mon métier, de l'honneur de la faculté d'Édimbourg et de la grandeur de l'Écosse !

— Nous prenons bonne note, déclara Higgins. Où se trouvent vos collègues ?

Andrew Stappel tourna le dos à l'ex-inspecteur-chef.

— Je ne suis pas un dénonciateur.

— Voyons, cher ami, remarqua Alderby, ne soyons pas ridicules. L'inspecteur Higgins n'aura pas grand-peine à découvrir que ces trois dames prennent le thé dans la salle à manger.

— C'est vous qui les trahissez, pas moi.

— Je vous conduis, annonça Alderby.

— Ne bougez pas d'ici, ordonna Marlow au père Bogrey et à Stappel.

— Et ce fou de néo-Templier ? Il a droit à la liberté, celui-là !

— Soyez sans crainte, monsieur le professeur. Il ne nous échappera pas.

Le trio traversa le boulingrin et pénétra dans une aile d'apparence aussi rébarbative que le reste du château. À l'intérieur, régnait pourtant une ambiance intimiste et agréable. Des moulures en forme de feuilles de vigne couraient le long du plafond peint en marron ; sur les murs, un tissu de même couleur.

Au sol, des ardoises brutes. Un lustre en fer et des bougies éclairaient la pièce au centre de laquelle était dressée une table ovale recouverte d'une nappe en coton rayée.

Trois femmes prenaient le thé.

— Désolé de vous importuner, dit Antony Alderby, mais je dois vous annoncer la visite du superintendant Marlow et de l'inspecteur Higgins. Messieurs, voici Jenny Durham, chimiste ; Helie Step, archiviste-paléographe, et Eleonora Tuloff, photographe.

Les trois demoiselles, étonnées, posèrent leur tasse de thé et abandonnèrent leur assiette de petits gâteaux.

Eleonora Tuloff, blonde platine d'une trentaine d'années, vêtue d'un chemisier et d'une jupe noirs, le cou orné d'un collier de perles à cinq rangées, sensuelle jusqu'au bout de ses ongles non peints, considéra les deux policiers de ses grands yeux verts, en amande. Le nez très droit, les joues rose pâle, elle s'exprima d'une voix enjôleuse.

— De quoi sommes-nous accusées ?

Marlow frappa fort d'entrée.

— L'une d'entre vous sait-elle si la reine a visité récemment la chapelle de Roslin, alors que le corps du Templier s'y trouvait exposé ?

Les trois femmes gardèrent le silence.

— Cette découverte deviendrait-elle une affaire d'État ? demanda Helie Step sur un ton badin.

La jeune spécialiste de textes anciens avait des cheveux blonds mi-longs, un visage ovale d'une pureté et d'une fraîcheur remarquables, des yeux bleus pétillants. De longues heures de bibliothèque n'avaient pas effacé la vivacité de ses vingt-cinq printemps. Veste en soie sans col, brodée de motifs floraux, chemisier en fil d'Écosse, colliers d'ambre, gant noir à la main gauche, bague de lapis-lazuli au petit doigt de la main droite, pantalon moulant et chaussures à talons ne correspondaient guère à l'image classique de l'érudite penchée sur de vieux grimoires réputés indéchiffrables.

— Vous n'êtes pas loin de la vérité, répondit Scott Marlow, d'un air sombre.

— Existerait-il un rapport avec la mort subite de James Esquin ? s'enquit la photographe.

— Il a été victime d'une bactérie tueuse, révéla Antony Alderby.

— Quelle horreur ! s'exclama Jenny Durham. Donc, nous aussi, nous sommes en danger !

La chimiste, la quarantaine passée, était la parfaite incarnation de la vieille fille britannique, revêche, sévère et stricte. Petite, les traits ingrats, les cheveux raides serrés en un chignon peu esthétique, elle portait un tailleur gris et des bas épais.

— Si vous n'avez pas touché le squelette, indiqua Alderby, vous ne risquez rien.

Le soulagement d'Eleonora Tuloff et de Helie Step fut manifeste. Mais Jenny Durham écarquilla ses petits yeux tristes.

— Pas touché, pas touché... Mais je ne sais plus, moi !

— Auriez-vous désobéi à mes ordres ?

— Vous êtes trop autoritaire, Alderby ! Je suis chimiste, et j'ai les mêmes droits que vous sur ce Templier.

— Autrement dit, vous avez effectué un prélèvement en cachette.

Jenny Durham baissa la tête.

— À quel endroit ? demanda Higgins d'une voix paisible.

— Je ne me souviens plus.

— Faites un effort, mademoiselle. C'est très important.

— Au cou... et au genou.

— Vos conclusions ?

— Mon laboratoire portatif ne me permet pas de...

— Bien sûr que si. Une spécialiste de votre notoriété sait quels instruments utiliser et quelles expériences accomplir.

La confiance de Higgins rassura la chimiste.

— Rien d'anormal, inspecteur. Ce squelette est bien celui d'un homme du XIVe siècle.

On frappa à la porte.

CHAPITRE IX

Antony Alderby ouvrit. Entra un homme très âgé, portant dans les bras le cadavre d'un chat noir.

— Monsieur Alderby ! Regardez mon pauvre matou... Il est mort brutalement, comme frappé d'une crise cardiaque !

Higgins s'approcha du petit corps déjà raidi.

— Monsieur est le gardien de l'église, expliqua Alberby. C'est lui qui a accepté de me prêter la clé et de veiller sur l'édifice.

— Votre chat se trouvait-il dans la chapelle ? interrogea l'ex-inspecteur-chef.

— Il y rôdait sans cesse, à la recherche de quelque nourriture abandonnée par les visiteurs.

— Se serait-il attaqué au squelette ?

— Il adorait lécher les os, n'importe quel os. Un chat de trois ans, en parfaite santé...

— La malédiction du Templier, murmura Alderby.

— Qu'est-ce qu'il dit ? demanda le gardien.

— Enterrez-le dans un endroit paisible, recommanda Higgins ; de l'autre côté, c'est lui qui vous accueillera.

— Mais qui l'a tué ?

— Scotland Yard est ici pour le découvrir.

L'ex-inspecteur-chef raccompagna le pauvre homme qui ne parvint pas à retenir ses larmes. Higgins lui conseilla d'adopter sans délai un autre chaton. Sa présence n'effacerait pas la disparition de son prédécesseur, mais adoucirait peu à peu l'affliction.

***

Au château, l'atmosphère devint sinistre. Higgins manda deux médecins d'Édimbourg qui arrivèrent dans la soirée et examinèrent les spécialistes qui avaient séjourné dans la chapelle de Roslin. Ils se penchèrent plus particulièrement sur le cas de Jenny Durham, en proie à un début de dépression. Un premier examen ne décela aucun processus infectieux ; des analyses de sang permettraient d'affiner leur diagnostic.

Chacun s'était retiré dans sa chambre, dans l'attente des résultas d'analyse, lesquels seraient connus dès le lendemain matin. Sur la demande de Higgins, Scott Marlow avait ordonné de monter la garde autour de la chapelle de Roslin et d'interdire toute visite.

Le superintendant ne tenait plus en place.

— Tant pis pour ma carrière, Higgins ! J'avertis l'entourage de Sa Majesté.

— Un peu de patience, mon cher Marlow.

— Nous avons trop attendu.

— Me croyez-vous assez inconscient pour ne pas avoir développé une stratégie ? J'espère une information capitale d'ici quelques heures.

Marlow n'insista pas. Il savait que son collègue n'en dirait pas davantage.

De la fenêtre du donjon qui donnait sur la lande, les deux policiers aperçurent en même temps une étrange lueur. Malgré la pluie, une lumière vacillait dans les ténèbres et progressait sur la crête des collines.

— Serait-ce l'âme du Templier clamant vengeance ?

— Voyons, Higgins !

— Elle approche, superintendant.

Marlow posa le verre de whisky écossais dont la saveur lui parut soudain moins attrayante. À y regarder attentivement, l'ex-inspecteur-chef n'avait pas tort. De fait, la lueur descendait vers la demeure fortifiée, à une vitesse de plus en plus grande.

— Nous sommes visés, sans aucun doute.

— Croyez-vous vraiment...

— Il faut être réaliste, mon cher Marlow, et se préparer à une étrange rencontre.

Le superintendant, en maintes occasions, avait

témoigné d'un réel courage physique. Se heurter à des criminels ne l'effrayait pas. Mais un fantôme... même dans les entraînements les plus poussés, aucune instruction concernant ce type d'adversaire n'avait été offerte aux participants. Aussi le superintendant vérifia-t-il son arme de service.

La lueur s'engagea sur le sentier aboutissant au château.

— Éteignons et descendons, proposa Higgins.

— Ne devrions-nous pas rester ici ?

— Mieux vaut prendre les devants.

Les policiers ne croisèrent aucun des hôtes du château.

Le gazon du boulingrin était détrempé et glissant. Higgins, né sous le signe du chat selon l'astrologie orientale, voyait clair dans les ténèbres. Scott Marlow le suivit, et se tint à ses côtés lorsqu'il se porta près de l'entrée du vieux domaine.

La lueur arrivait sur eux, accompagnée d'un souffle rauque.

— Surtout, ne tirez pas, recommanda Higgins.

Au moment où le spectre franchissait le seuil, l'ex-inspecteur-chef l'agrippa par le poignet.

— Lâchez-moi !

— D'où venez-vous, monsieur Stoke ?

Trempé jusqu'aux os, les cheveux dégoulinant de pluie, le néo-Templier laissa tomber sa torche. Marlow la ramassa, admiratif.

— Bel enduit graisseux qui résiste à l'eau et au vent.

— Recette médiévale et templière, révéla Stoke. J'en ai besoin pour courir dans les landes, chaque nuit, et tenter de communier avec l'âme de mes ancêtres.

— Votre quête fut-elle fructueuse ?

— Hélas, inspecteur, hélas ! Je crie, je pleure, je déclame des poèmes, je conteste chacun des articles des actes d'accusation, mais personne ne me répond. Ici, enfin, j'espère ! J'espère que le frère Templier de Roslin fera entendre sa voix et proclamera la vérité. Que ces savants médiocres s'écartent de lui ! Sinon, je les pourfendrai avec mon épée.

— Pas d'imprudence, préconisa l'ex-inspecteur-chef. Vous pourriez blesser quelqu'un.

— Je suis fatigué, inspecteur. Combien de siècles faudra-t-il encore lutter pour que l'Ordre du Temple soit réhabilité ?

— Nous ne résoudrons pas le problème ce soir ; venez vous mettre à l'abri et boire un whisky.

— De l'alcool ?

— Il n'est pas interdit aux moines, en cas de nécessité.

William Stoke opina du chef.

Le trio entra dans la salle à manger ; Marlow servit trois verres. Le néo-Templier vida le sien cul sec ; le superintendant le remplit aussitôt.

— N'avez-vous rencontré personne ? demanda Higgins.

— Personne, répondit William Stoke.

— On ne vous a pas suivi ?

— Je l'aurais senti.

Le néo-Templier essuya ses énormes lunettes.

— Quand il le faudra, je me battrai. Ces mauvais savants sont des ennemis sournois ; ils subiront les pires châtiments.

— Comme James Esquin ?

William Stoke vida son second verre.

— Je ne porte aucune accusation contre lui ; il fut l'instrument du destin. Grâce à lui, le monde va changer et la vérité éclatera.

Le néo-Templier s'exprimait avec sincérité et gravité.

— Aidez-moi, inspecteur ; ma cause est juste. Si la malédiction s'exerce, ne la contrecarrez pas. C'est triste, pour Esquin, mais la curiosité ne doit-elle pas être punie ?

— Il est temps d'aller nous coucher.

Stoke leva des yeux implorants vers Higgins.

— M'aiderez-vous ?

— Il faudra bien établir la vérité.

CHAPITRE X

Higgins s'était installé dans la chambre de James Esquin, presque entièrement remplie par un superbe lit Regency à baldaquin. De lourdes colonnes torsadées soutenaient un ciel assez bas d'où tombaient d'amples draperies. L'ancien occupant du lieu éprouvait un penchant pour les oreillers ; il ne lui en fallait pas moins de quatre pour dormir à son aise.

Après quelques heures d'un profond sommeil, Higgins s'éveilla frais et dispos, malgré une légère douleur dans le genou droit. Puisque l'arthrose menaçait, l'activité physique serait des plus profitables. L'ex-inspecteur-chef savait que quelques déambulations dans la campagne écossaise seraient indispensables pour soulever le voile qui recouvrait cette étrange affaire.

De la fenêtre du cabinet de toilette, il contempla le paysage des Lowlands, si paisible en apparence, mais si empreint d'une violence cachée et contenue. La poétesse Harriett J.B. Harrenlittlewoodrof, promise au Prix Nobel de littérature, ne l'avait-elle pas merveilleusement évoqué dans ses *Sonnets sur la lande*, dont Higgins possédait le manuscrit inédit :

Terre mouillée aux effluves d'automne,
Vague décor en vagues de pluie,
L'aurore triste se lève en se couchant,
Et la bruyère pleure, solitaire insoumise.

Higgins prépara sa mousse à raser dans un bol en bois de rose, et se l'appliqua avec un blaireau. Une fine lame lui permit de se raser à la perfection, et de rétablir le parfait équilibre de sa moustache poivre et sel. La négligence l'horripilait, car elle marquait le souverain mépris d'autrui et traduisait la plus vicieuse des vanités. Il lissa les poils avec un lissoir en nacre, cadeau d'une vieille admiratrice dont il gardait un souvenir ému, puis se vêtit d'une chemise sur mesures, d'un pantalon de flanelle anthracite de chez Trousers, dans Regent Street, et d'un blazer bleu. Il choisit un nœud papillon à pois rouges, l'ajusta et descendit prendre un petit déjeuner dans la salle à manger du château où officiait la très matinale Jenny Durham. Marmelade, toasts, petits pois à la menthe et bacon formaient un ordinaire tout à fait acceptable. Par bonheur, la vieille fille buvait du café. Comment l'ex-inspecteur-chef aurait-il pu lui avouer qu'il était le seul Anglais à ne pas supporter le thé ?

— Avez-vous passé une bonne nuit, mademoiselle ?

— Affreuse. J'ai eu si peur !

— Qui a tenté de vous effrayer ?

— En ouvrant la porte de mon cabinet de toilette, j'ai cru mourir de frayeur ! Un homme à visière m'est tombé sur la tête. J'étais tellement tétanisée que je n'ai pas pu crier. Un fantôme, un fantôme en armure ! Le bassinet, le pourpoint, le gorgerin, la cote d'armes... Rien ne manquait !

— Et le fantôme lui-même ?

— Il avait dû quitter l'armure. Imaginez qu'il m'ait agressée...

— Scotland Yard serait intervenu, mademoiselle.

L'assurance de Higgins sembla rassurer la chimiste à l'impeccable chignon. La conversation fut interrompue par un bruit de moteur.

— Quelqu'un se trouve à la porte du château, remarqua Jenny Durham.

— J'attendais un visiteur. Excusez-moi, je vous prie.

Protégé par son Tielocken, le meilleur imperméable du monde, et une casquette en tweed, Higgins traversa le boulingrin et marcha jusqu'à la Rolls Royce noire marquée d'un discret écusson aux armes de la monarchie britannique. La portière arrière gauche s'ouvrit. L'ex-inspecteur-chef monta.

— Bonjour, cher ami, dit un personnage austère, au visage indéchiffrable.

— Avez-vous fait bon voyage ?

— Excellent ; l'Écosse est un pays envoûtant.

— Merci d'être venu jusqu'ici.

— Pour être franc, inspecteur, je n'en avais pas l'intention. Si vous ne jouissiez pas d'amitiés haut placées, j'aurais évité ce désagrément.

— Ma requête ne relevait pas de la simple curiosité.

— C'est bien ainsi que le palais l'a entendu.

— Votre présence indique que Buckingham m'accorde une réponse claire.

— En effet, inspecteur. Sa Majesté s'est bien rendue à Roslin, après un séjour privé à Édimbourg.

— Parlez-vous du village ou de la chapelle ?

— Du village.

— Êtes-vous tout à fait certain que la reine n'est pas entrée dans la chapelle de Roslin ?

— Elle n'avait aucune raison de le faire ; Sa Majesté a traversé le village de la manière la plus discrète pour visiter un hospice voisin où sa présence a apporté quelques joies à des personnes âgées.

— Merci de ces précisions.

— Vous êtes un curieux personnage, inspecteur.

— Un simple retraité de Scotland Yard.

— Vous me permettrez d'en douter.

— Ne me prêtez pas une importance que je ne possède pas.

— Vous n'entamez pas mon scepticisme.

— Bon retour.

⁂

Affecté d'une solide migraine, Scott Marlow buvait un café très serré lorsque Higgins revint dans la salle à manger du château.

— Pas très aimable, cette demoiselle Durham ; dès que je me suis assis, elle a quitté la pièce. Difficile de se montrer plus incorrecte.

— La tension nerveuse, sans doute.

— Elle n'apprécie guère Scotland Yard, semble-t-il ; peut-être a-t-elle la conscience chargée. Tous ces spécialistes ne sont guère matinaux.

— Il n'en est pas de même de l'éminence de Buckingham Palace, par bonheur.

Le superintendant posa très lentement sa tasse de café.

— Auriez-vous obtenu... une information essentielle ?

— Rassurez-vous, mon cher Marlow : la reine est hors de danger.

— Dieu soit loué ! Vous êtes un magicien.

— Le ciel protège Sa Majesté.

— Si nous n'étions pas ce que nous sommes, je vous embrasserais.

— Terminez tranquillement votre breakfast.

— Nous n'avons plus rien à faire ici ; je ne suis pas mécontent de regagner Londres et mon bureau du Yard.

— Sur ce point, je suis contraint de vous décevoir.

— Pourquoi ?

— La situation actuelle ne me satisfait pas.

— Nous connaissons les causes de la mort de James Esquin !

— Peut-être.

— Comment, peut-être ?

Marlow se leva, irrité.

— Depuis que je vous ai parlé de Roslin, vous semblez persuadé qu'un crime a été commis.

— Je le suis.

— Sur quoi se fonde votre certitude ?

— Roslin fait partie des lieux où le moindre incident doit être pris très au sérieux.

Le superintendant fut atterré. Ainsi, Higgins cédait de nouveau à ses tendances mystiques et quittait le domaine de la logique.

— Je ne nie pas le rôle de la bactérie, poursuivit l'ex-inspecteur-chef, mais ne fut-elle pas l'arme du crime et non son instigatrice ?

— Mais ça n'a aucun sens !

— Vérifions-le.

CHAPITRE XI

La conférence eut lieu à dix heures du matin. Conformément à ce qu'elle avait prévu, Helie Step était parvenue à déchiffrer le parchemin découvert près du corps du Templier. La jeune femme était un régal pour les yeux ; pomponnée, fraîche, joyeuse, elle s'assit avec une grâce délicieuse, ôta ses gants noirs et déroula sur une table en chêne le précieux document.

L'appel téléphonique des deux médecins avait rassuré la petite communauté réunie au château : personne n'avait été contaminé par la redoutable bactérie. La tueuse se localisait sur le poignet du squelette et n'avait pas émigré. Jenny Durham ne souffrait que d'une légère insuffisance hépatique.

— Ne nous faites pas trop languir, demanda le professeur à Helie Step.

— Ma tâche n'a pas été facile ; il s'agit d'une écriture de la fin du XIVe siècle, très ornée, donc difficile à déchiffrer. L'auteur était un homme cultivé, maniant à la perfection le latin de cette époque, au point d'utiliser plusieurs abréviations qui m'ont parfois gênée.

— Le défunt nous livre-t-il son nom ?

— Oui, répondit Helie Step, troublée. Ce Templier se nommait Johan Jacobus de Kilwinning.

Chacun sembla pétrifié, à l'exception de Scott Marlow et de la photographe, Eleonora Tuloff. Le superintendant n'osa pas intervenir, mais la belle artiste n'eut pas cette pudeur.

— Acceptez-vous de m'éclairer ? Je n'ai jamais entendu parler de ce personnage.

— Selon une tradition mal établie, révéla le père Bogrey, Johan Jacobus de Kilwinning aurait été le dernier dépositaire des secrets de l'Ordre du Temple. Jusqu'à présent, son existence même était controversée.

— Je demeure sceptique, déclara le professeur Stappel. Autres indications ?

— Le Templier a rencontré Jacques de Molay, représentant officiel de l'Ordre en tant que grand maître ; Kilwinning dirigeait le Temple secret. Comprenant que le roi de France comptait mettre à mort les Templiers, il a quitté la France pour l'Angleterre ; il débarqua à Weymouth.

— Vieille légende.

— Authentifiée par ce document.

— S'il ne s'agit pas d'un faux !

— Mettriez-vous mes compétences en doute, professeur ?

— Ne vous vexez pas, mademoiselle Step, mais je procéderai à une contre-expertise.

— À votre guise. Johan Jacobus de Kilwinning se savait en danger, et il était plutôt désespéré :

Je suis un soldat intrépide, et un moine protégé par l'armure de la foi. Mais ce temps est devenu celui de l'injustice, de la haine et du mensonge. Mes armes devraient me permettre de vaincre hommes et démons, mais trop d'hypocrites se cachent sous des masques. Je n'appréhende pas la mort, puisque je désire mourir. Mais je redoute d'être assassiné par l'un de mes proches, passé à l'ennemi. Si l'on retrouve ce message intact près de mon cadavre, un cruel destin m'aura donné raison.

— Voilà qui concerne Scotland Yard, souligna Higgins.

— Une enquête criminelle, six siècles plus tard ? Ça ne tient pas debout ! protesta Antony Alderby.

Helie Step se détourna un instant ; vive et discrète, elle orna le bord de ses paupières d'eye-liner, un cosmétique sombre.

— Un crime reste un crime, tant que l'assassin n'a pas été identifié.

— Nous divaguons, estima Andrew Stappel. C'est ce Templier qui a tué le malheureux Esquin !

— Pourquoi en êtes-vous si sûr ? interrogea l'ex-inspecteur-chef.

L'historien parut choqué.

— La science ne l'aurait-elle pas démontré ?

— Elle ne nous a livré qu'une partie de la vérité, sans doute la plus essentielle.

— Expliquez-vous ! exigea Eleonora Tuloff, passionnée.

— Plus tard, si je ne me trompe pas.

La photographe sourit, câline.

— Vous êtes mystérieux, inspecteur, si mystérieux...

— Prudent, mademoiselle.

Eleonora Tuloff, dont le chemisier noir et la jupe moulante laissaient deviner un corps admirable, se tourna vers Scott Marlow.

— Et vous, superintendant, quel est votre avis ?

Scott Marlow fit courageusement front.

— Je partage la conviction de mon collègue.

— Ainsi, Scotland Yard est décidé à remonter le temps ! Fascinant, je l'avoue. Puis-je prendre des photos de vous, superintendant ?

— Plus tard, mademoiselle.

— Pour convaincre le professeur Stappel, reprit Helie Step, je lui rappellerai que, malgré la bulle du pape Clément V envoyée à Édouard II d'Angleterre le 22 novembre 1307, le monarque a mené une répression plutôt molle. Certes, le 8 janvier 1308, vicomtes et shérifs reçurent l'ordre d'arrêter les Templiers ; mais plusieurs passèrent à travers les mailles du filet.

— Le roi ne croyait pas à la culpabilité des Templiers, reconnut Andrew Stappel, mais les quarante-sept plus importants d'entre eux furent quand même enfermés à la Tour de Londres.

— Pas Kilwinning.

— Parce qu'il n'existait pas !

— Il a pu sortir de prison, remarqua le père Bogrey, s'il a accepté la réconciliation avec l'Église en abjurant l'hérésie et en prêtant serment sur les Évangiles. L'archevêque de Canterbury a sauvé ainsi de nombreux chevaliers dont le seul châtiment fut de faire pénitence dans des monastères.

— Guillaume de la More, commandeur de l'Ordre en Angleterre, a refusé cette réconciliation, rappela Stappel. Voilà bien qui prouve sa culpabilité.

— Il a soutenu trois interrogatoires, précisa George Bogrey, et répondu sans trembler aux questions des inquisiteurs. Aucun ne lui a dénié le pouvoir d'absoudre les péchés.

— Votre saint homme, commanda Alderby, est tout de même mort prisonnier, à la Tour de Londres, en 1313 !

— Mais pas Kilwinning, intervint Helie Step.

— Voilà bien l'essentiel, estima Eleonora Tuloff. J'ai recherché les traces du Temple à Londres ; ne s'étendait-il pas d'Alwych jusqu'en haut du Strand, et sur la moitié de Fleet Street ? Les Templiers avaient même un débarcadère privé. Et vous savez ce qu'il reste de ces merveilles ? Une station de métro, High Holborn ! Mais aujourd'hui, nous tenons le fabuleux, l'exceptionnel : le squelette du dernier Templier mort assassiné !

— Si c'est vrai, ironisa Andrew Stappel, le coupable est mort depuis longtemps !

— Qui sait ? demanda la photographe, d'une voix grave.

— Pardon ?

— Je crois à la réincarnation. Kilwinning a pu ressusciter, son meurtrier aussi ; et ils sont présents, ici, tous les deux, le second s'apprêtant de nouveau à supprimer le premier !

— Ça suffit ! glapit Jenny Durham. Votre thèse est ridicule, stupide et inacceptable. Vous faites injure aux érudits réunis ici pour étudier un fait historique.

La photographe sourit.

— Un homme, même mort, ne se réduit pas à un « fait historique ». Si Scotland Yard s'y intéresse, n'y a-t-il pas anguille sous roche ?

CHAPITRE XII

— Aucun Templier n'a réussi à quitter le sol de l'Angleterre, affirma Andrew Stappel. Les uns moururent en prison, les autres dans des couvents.

— Et ceux qui se réfugièrent en Écosse ? interrogea Alderby en allumant une cigarette.

— Pure invention.

— Que faites-vous du manuscrit latin n° 10 919 conservé à la Bibliothèque nationale de Paris ?

La question de Helie Step ne prit pas le professeur au dépourvu.

— Un bien maigre document, mélangé avec des lettres du pape Clément V !

— Il mentionne cependant « les Frères qui se sont enfuis » ; faut-il vous citer aussi le texte d'Addison : « Maints Templiers étaient encore en liberté, ayant réussi à éviter la capture en effaçant toutes traces de leur état antérieur, et certains, sous le couvert d'un déguisement, avaient gagné les contrées sauvages et montagneuses de l'Écosse. »

— Peuh ! Texte tardif d'un historien partisan.

Marlow était abasourdi. Il avait le sentiment d'assister à un procès surréaliste où l'on jugeait un Ordre disparu depuis plusieurs siècles.

Higgins demeurait très attentif, prenant des notes sur son carnet noir.

— La fuite des Templiers en Écosse est un fait indéniable, affirma la jeune femme paléographe. Je fais appel à votre probité d'historien, professeur. Nierez-vous que les bateaux appartenant aux Templiers effectuaient de fréquentes traversées entre les ports de France, notamment La Rochelle, et ceux d'Écosse ?

Irrité, Andrew Stappel tâta son nœud papillon.

— Le fait est patent.

— Nierez-vous que Robert Bruce, roi d'Écosse de 1306 à 1329, gagna la bataille de Bannockburn, décisive pour l'indépendance de son pays, grâce à des Templiers qu'il avait recueillis à bras ouverts, malgré l'exécution de Jacques de Molay et la condamnation du pape ?

Stappel frappa du poing sur la table.

— Pure hypothèse et, de mon point de vue, affabulation ! Une spécialiste de votre réputation devrait éviter une telle argumentation. Elle pourrait nuire à votre carrière.

— Que lui reprochez-vous ? Tout le monde est d'accord pour dire que les Templiers rescapés avaient trouvé refuge auprès de Robert Bruce. Pourquoi n'aurait-il pas fait appel à leur formidable talent de combattant lors de la bataille engageant son avenir et celui de l'Écosse ?

Le professeur marmonna une réponse incompréhensible.

— Je n'aime pas ce Bruce, précisa Jenny Durham d'une voix pincée. Aucune bonne catholique ne saurait approuver son comportement.

Eleonora Tuloff sembla amusée.

— Que vous a-t-il fait, ma chère ?

— C'est un assassin de la pire espèce.

— Encore un ! Qu'avons-nous à lui reprocher ?

— Ce sont de telles horreurs qu'il vaut mieux ne pas en parler.

— Éclairez-nous, pria Higgins.

Le père Bogrey suppléa la chimiste.

— Bruce assassina son principal adversaire à l'intérieur même d'une église, un an avant le début des persécutions contre l'Ordre du Temple. Le pape excommunia le maître de l'Écosse en 1306, et le conflit avec l'Église dura une douzaine d'années.

— Une hérétique accueillant d'autres hérétiques ! s'exclama Antony Alderby. Quoi d'étonnant ? Bruce rêvait d'un royaume celtique et païen. Ces maudits chevaliers du Temple souscrivaient d'enthousiasme à ce projet irréaliste. Je suis persuadé que ce chevalier de Kilwinning fut le dernier à croire encore en cette folie et qu'il a été supprimé à cause d'elle.

— Le texte est muet sur ce point, concéda Helie Step.

Soudain, Alderby pointa un index agressif vers Scott Marlow. Son physique et son allure d'homme des bois avaient de quoi impressionner n'importe quel jouteur.

— Mais dites donc, vous... la compagnie de gendarmes écossais était bien l'élite de l'armée de Charles VII, au milieu du xve siècle ! Il y avait des descendants de Templiers, là-dedans, et cette garde écossaise est devenue Scotland Yard. Ne seriez-vous pas des représentants de cette maudite engeance, cachés sous des habits de policiers ?

— Apaisez votre passion, ordonna Marlow. Je ne rends de comptes qu'à mes supérieurs, et le Yard entier sert la cause de Sa Majesté.

— Mmmouais... moi, je reste méfiant. Votre arrivée ici est plutôt bizarre, et vous manifestez vraiment beaucoup d'intérêt pour un Templier mort depuis si longtemps.

— N'oubliez pas James Esquin, rappela Higgins.

— La science a tout expliqué ! protesta la chimiste. Pour moi, l'affaire est close.

— C'est trop simple, estima Helie Step. Nous sommes en présence d'une découverte exceptionnelle, et l'homme qui aurait dû en tirer gloire et notoriété est mort brusquement ; la coïncidence n'est-elle pas par trop extraordinaire ?

— Votre amour des Templiers vous fait perdre la raison, jugea Andrew Stappel.

La jeune paléographe défia l'éminent érudit.

— C'est faux, et vous le savez ! Ma seule passion, c'est l'Histoire et la reconstitution objective du passé. Mes préférences n'entrent jamais en ligne de compte, à supposer qu'elles existent. Aujourd'hui, c'est un manuscrit Templier, demain, ce sera un cartulaire* d'abbaye. Dans un cas comme dans l'autre, nous devons être au service de la vérité.

La voix était vibrante d'émotion.

— Pardonnez mon animosité, dit Andrew Stappel ; un simple malentendu. Il existe tant de racontars stupides et de légendes imbéciles sur l'Ordre du Temple que les évoquer me met en rage. Un défaut consternant, je l'avoue ; mais l'exigence scientifique ne justifie-t-elle pas certaines faiblesses ?

— La présence de Scotland Yard ne se justifie plus, décréta Antony Alderby. Puisque la bactérie tueuse a été identifiée, Jenny Durham désinfectera les os du poignet et je pourrai travailler en paix sur le squelette.

— Et moi prendre des photos fabuleuses, commenta Eleonora Tuloff, gourmande.

— Désolé de retarder vos projets, intervint Higgins.

— N'insistez pas, inspecteur, trancha Alderby. Vous vous rendriez ridicule.

— Lui, au moins, ne tue plus.

* Recueil de titres de propriétés d'un établissement religieux, au Moyen Âge.

Le regard de l'ex-inspecteur-chef se posa tour à tour sur chacune des personnes présentes, à l'exception de Scott Marlow. Il créa un malaise que personne n'osa dissiper.

— Je suis un assassin, confessa William Stoke, en faisant irruption dans la grande salle.

CHAPITRE XIII

Le néo-Templier, les cheveux en bataille, semblait en proie à la plus vive exaltation.

— C'est moi qui ai tué ce chevalier ! J'aurais dû le défendre contre ses ennemis. Sans ma négligence, il serait encore vivant. J'aurais dû combattre jusqu'à la mort, donner ma vie pour la sienne, comme le veut la règle de notre Ordre.

— Johan Jacobus de Kilwinning a rejoint son créateur voilà plus de six siècles, précisa Higgins. Votre responsabilité me semble dégagée.

— Kilwinning ? Vous avez dit Kilwinning ?

— C'est bien le nom qui figure sur le parchemin, confirma Helie Step.

— Un siège, vite !

Marlow avança une chaise paillée sur laquelle William Stoke se laissa tomber.

— Alors, le malheur est sur nous.

— Pourquoi ? interrogea la photographe, fascinée.

— Parce que la prophétie est formelle ! Lorsque Kilwinning réapparaîtra, quand il reviendra de l'autre côté de la mort, il se vengera de tous ceux qui ont porté des accusations mensongères contre l'Ordre du Temple, de tous ceux qui l'ont laissé périr sans le défendre.

Stoke se cacha la tête dans les mains.

— Moi aussi, je suis condamné... l'âme de Johan Jacobus de Kilwinning va me demander des comptes, et je serai incapable de lui donner satisfaction ! L'Ordre végète, il n'est pas reconstruit. Il ne me le pardonnera pas.

— Que préconisez-vous ? demanda Higgins.

— Rien. Rien ne l'empêchera d'agir. Même enfoui sous des tonnes de béton, il entamera la croisade de la pureté et de la vérité.

— La pureté ! s'indigna Jenny Durham. Quel scandaleux mensonge ! Les mœurs des Templiers étaient décadentes et dissolues. Ils pratiquaient l'homosexualité et, lors de la cérémonie de réception, se donnaient des baisers ignobles sur la bouche, sur le nombril et sur le... sur le derrière ! Il paraît même qu'ils crachaient sur la croix et piétinaient l'image du Christ !

— Des épreuves rituelles, rectifia le père Bogrey. D'après le témoignage du Templier Gérard du Passage, interrogé le 27 avril 1310, on lui montra une croix en bois, en lui demandant s'il croyait que ce fût Dieu. Il répondit qu'il voyait l'image du Crucifié, mais on lui recommanda de ne point accorder sa croyance à un morceau de bois, alors que le vrai Dieu réside dans le ciel. Aussi lui ordonna-t-on de cracher sur la croix et de la fouler à ses pieds ; il refusa. Ensuite, deux chevaliers relevèrent la robe de celui qui dirigeait la cérémonie, et Gérard le baisa sur le dos, entre le caleçon et la ceinture. Il est évident que l'on révélait ainsi les vertus morales du candidat.

— Vous êtes beaucoup trop tolérant, mon père ! rugit Andrew Stappel. Oublieriez-vous les paroles de Nogaret : « L'engeance des Templiers est comparable aux bêtes privées de raison, que dis-je ? dépassant la brutalité des bêtes elles-mêmes, elle commet les crimes les plus abominables, sacrifie aux démons et non à Dieu ! »

— Nogaret, l'âme damnée de Philippe le Bel ! Mon cher collègue, votre argumentation est bien partisane.

— Nogaret, sur l'ordre du roi de France, a truqué le procès, ajouta Helie Step. Ils n'hésitèrent pas à mentir et à torturer ; partout en France, les envoyés du pouvoir pillèrent les commanderies et brûlèrent des dizaines de Templiers sans avoir établi leur culpabilité.

William Stoke se leva, les poings serrés.

— Étonnez-vous, après cela, que Kilwinning revienne pour se venger et que nous soyons tous en danger de mort !

— Oui, je m'en étonne ! affirma le professeur. Kilwinning doit savoir qu'il est coupable. Avez-vous entendu parlé de la prébende ? Toute personne qui abandonnait à l'Ordre partie ou totalité de ses biens était associée aux prières des Templiers après sa mort. Jolie stratégie financière ! Ajoutez-y une pratique forcenée de l'usure, et vous comprendrez pourquoi les chefs d'État ne pouvaient plus supporter la concurrence d'un gang, fût-il chevaleresque. Et pourquoi écarter les autres accusations, sorcellerie, hérésie, cultes sataniques, rapports charnels avec des démones déguisées en filles ?

— Très excitant, apprécia Eleonora Tuloff ; je préfère ce genre d'hommes à des saints ennuyeux et réfrigérants.

— Comment osez-vous ! s'indigna Jenny Durham.

— La morale est une invention de gens tristes qui ignorent le plaisir et veulent en priver les autres. Si les Templiers sont parvenus à échapper à leur robe de moine, tant mieux !

— Ce n'étaient pas que des moines paillards, précisa Antony Alderby. En Orient, ils avaient pris le goût du meurtre. Leur Ordre n'était-il pas organisé à l'image de celui des Assassins* ? Même robe avec ceinture, même hiérarchie !

— Inexact, s'opposa le père Bogrey. En tant qu'historien des religions, je me dois de vous indi-

* Société secrète ismaélienne fondée à la fin du XIe siècle ap. J.-C.

quer que cette thèse très ancienne ne repose sur aucun fondement sérieux. Certes, les Templiers ont eu de nombreux contacts avec des sectes plus ou moins redoutables, professant des idées fort éloignées de la foi chrétienne ; mais rien ne permet de penser qu'ils les aient adoptées. Ils ont toujours affirmé leur fidélité à l'Église chrétienne dont ils ont défendu l'idéal en Orient comme en Occident.

— Ils tentaient de se dédouaner. Moi, je crois aux accusations du pape !

— Il était à la solde du roi de France, indiqua Helie Step.

— Il était quand même pape ! En condamnant les Templiers, il n'agissait pas à la légère.

— Peu importent vos querelles d'érudits, intervint William Stoke, seule compte la malédiction. Elle n'épargnera ni amis ni ennemis, car il est trop tard pour modifier le destin !

— Trop tard pour James Esquin, dit Higgins.

— Scotland Yard est impuissant dans cette affaire, inspecteur ; vous feriez mieux de quitter le château et d'oublier Kilwinning.

— Impossible, monsieur Stoke, puisque la malédiction doit tous nous frapper.

Marlow se demanda si Higgins parlait sérieusement ; comment supporter plus longtemps le discours de ces érudits qui s'entre-déchiraient à propos de drames révolus ? Des tâches plus urgentes attendaient le superintendant. Il lui fallait convaincre Higgins de ne pas s'acharner sur une enquête heureusement mort-née.

— Qui était James Esquin ? demanda Higgins.

La question sembla surprendre l'assemblée.

— Qu'insinuez-vous ? questionna Andrew Stappel, pincé.

— Vos diverses interventions me prouvent que sa mort est beaucoup plus mystérieuse qu'il n'y paraît. Cet homme a voué son existence à la recherche d'éléments nouveaux sur l'Ordre des Templiers, éléments qui vous passionnent tous, à un titre ou à un autre. Or, sa découverte doit être qualifiée d'extraordinaire et a dû susciter votre jalousie.

— Insinuation malveillante, jugea Antony Alderby. Nous avons été prévenus, nous avons émis un doute, et nous sommes venus pour vérifier. La découverte du malheureux Esquin est authentique, et nous l'exploiterons à fond ; que vous promettre de plus ?

— Esquin n'était pas un simple quidam ; des spécialistes de votre envergure ne pouvaient pas l'ignorer. Je repose donc ma question : qui était réellement James Esquin ?

Helie Step entrouvrit les lèvres, mais n'émit aucune parole. Le père Bogrey toussota. Andrew Stappel rétablit l'horizontalité de son nœud papillon. Antony Alderby regarda ostensiblement le plafond. Jenny Durham baissa les yeux. William Stoke demeura inerte. Eleonora Tuloff sourit.

— Vous avez tort de vous réfugier dans ce mutisme.

— Que devrions-nous avouer ? demanda la photographe d'une voix enjôleuse.

— La raison de l'assassinat de James Esquin.

CHAPITRE XIV

Une pluie régulière tombait sur le chemin. Scott Marlow ne cacha pas son sentiment.

— Cette fois, Higgins, vous allez trop loin ! Rien ne prouve que cet Esquin ait été victime d'un meurtre. Provoquer ces gens ne vous a mené à rien.

— Je ne crois pas avoir agi à la légère.

— Est-il vraiment nécessaire de poursuivre cette enquête, puisque Sa Majesté est hors de danger ?

— Un simple entretien devrait vous éclairer.

Connaissant l'entêtement de son collègue, le superintendant lui accorda cette dernière chance. Bien qu'il détestât la campagne, la boue et l'herbe glissante, il accepta de suivre le sentier conduisant à une ferme d'allure plutôt misérable, mais propre. Près de l'entrée, un banc de pierre, sur lequel était assis le gardien de l'église de Roslin.

Coiffé d'un béret marron, l'homme fumait la pipe en caressant un chaton.

— Il est splendide, estima Higgins ; ses yeux pétillent d'intelligence.

— Vous aviez raison, inspecteur ; la peine ne s'efface pas, mais je suis bien obligé de lui accorder l'affection qu'il réclame. Rentrons, je vous offre un whisky. On ne connaît pas de meilleur remède contre l'humidité.

Scott Marlow partageait cet avis. L'intérieur était pauvrement meublé, mais pas un grain de poussière ne le déparait. Quant à l'alcool, de fabrication artisanale et illégale, il aurait ressuscité un mort.

Le chaton couina, désireux de grimper sur Higgins. L'ex-inspecteur-chef, qui devait prendre des notes, le posa délicatement sur son épaule gauche où le félin se pelotonna après avoir pédalé sur le tissu du blazer. Higgins avait le don de calmer les animaux, fussent-ils agressifs, et de les aider à s'endormir.

— Avez-vous eu l'occasion de rendre quelques services à James Esquin ?

La question gêna l'Écossais.

— Ça m'est arrivé. Entre voisins, quoi de plus normal ?

— Il vivait seul, je crois !

— Très seul.

— Pas de visites ?

— Aucune.

— Pas de famille ?

— Apparemment pas.

— Aucune visite féminine ?

— Aucune. Ce garçon-là était un véritable moine ; seules ses recherches comptaient. Moi, je m'occupais du ménage pour qu'il vive dans un endroit convenable et je lui cuisinais du mouton et des légumes bouillis afin qu'il se nourrisse correctement.

— Sans vous, il aurait certainement dépéri.

— C'est bien mon avis ! À force d'être ainsi perdu dans des livres, on perd le sens des réalités.

— Lisait-il beaucoup ?

— Jour et nuit ! Et le reste du temps, il partait explorer les grottes creusées dans la colline. Une zone dangereuse, où rôdent encore des bêtes sauvages. Seul quelqu'un qui n'était pas d'ici pouvait s'y aventurer ; moi, je le lui ai déconseillé, mais il ne m'écoutait pas. Il avait la certitude de découvrir une sorte de trésor, compilait des dizaines de notes anciennes, et se lançait sur les chemins, qu'il pleuve ou qu'il vente ! Pour avoir trouvé, il a trouvé... la mort !

— Je n'ai vu aucun livre au château, remarqua Higgins.

— Normal. La bibliothèque est cachée au sous-sol.

— Accepteriez-vous de me la faire visiter ?

— Ben... il faudrait la clé.

— Vous l'avez, dit Higgins avec douceur.

— C'est bien possible ; et vous en feriez quoi, de ces bouquins ?

— J'aimerais savoir ce que lisait M. Esquin.

— Vous voulez le trésor, vous aussi ?

— Je veux élucider les circonstances de la mort de James Esquin.

L'Écossais regarda Higgins par en dessous et le jaugea longuement.

— Je vous crois.

— J'ai l'impression que vous éprouviez une certaine estime pour le défunt.

Le gardien bourra sa pipe avec un tabac rustique.

— Il avait du courage, ce petit gars ; pourtant, c'était un Anglais. Mais depuis dix ans, il résidait ici, comme s'il avait décidé de quitter son maudit pays et de vivre enfin dans une contrée civilisée. À force de persévérer et de s'acharner dans sa folie, il m'a ému. Ici, on aime les têtus.

— Vous a-t-il fait des confidences ?

— Pas la moindre. Il était plutôt secret ; ça aussi, j'appréciais. Entre hommes, il ne faut pas trop parler. La seule fois où je l'ai mis en garde contre le danger des grottes, il m'a répondu qu'un Templier s'était réfugié là et qu'il voulait l'identifier pour ajouter un chapitre à une histoire inachevée. Moi, j'étais certain qu'il réveillerait de vieux démons, mais je ne doutais pas que lui-même et mon chat seraient les premières victimes.

— Les premières ?

— L'Écosse est une terre puissante et mystérieuse, inspecteur ; lorsqu'on arrache une malédiction à l'oubli des siècles, il faut s'attendre à bien des malheurs.

La gravité du ton impressionna Scott Marlow qui s'habituait au goût du whisky local.

— Que pensez-vous de cette bande d'érudits ?

Le gardien se renfrogna.

— Ce n'est pas mon monde. Des pillards, voilà ce qu'ils sont !

— L'un d'eux a-t-il cherché à vous parler ? demanda Higgins.

— Non. Je me contente d'apporter de la nourriture au château et de balayer les pièces. Quand ils seront partis, l'air sera beaucoup plus respirable.

— Allons à la bibliothèque, voulez-vous ?

⁂

Plus de trente mille volumes dormaient sur des étagères en bois que James Esquin avait fabriquées de ses mains. Dans un coin de la salle voûtée, de nombreuses malles ; elles avaient servi au transport des livres. In-folio, in-quarto, in-octavo, dictionnaires, opuscules, revues spécialisées étaient classés selon un ordre rigoureux. Jamais Higgins n'avait contemplé une aussi vaste collection de publications consacrées à l'Ordre du Temple. Il n'y manquait aucune étude essentielle, aucune recherche de détail.

Higgins passa plusieurs heures dans ce lieu de recueillement ; il compulsa quelques volumes, jeta un œil derrière les étagères, utilisa une lampe de poche pour éclairer les recoins obscurs. Pas un pouce de la bibliothèque n'échappa à son attention. Le personnage de James Esquin devenait fascinant.

CHAPITRE XV

Pendant que Marlow déjeunait avec le gardien de l'église de Roslin, Higgins fureta au château. Une amitié solide et durable risquait de s'établir entre le superintendant et l'Écossais, car ce dernier lui avait confirmé que la reine d'Angleterre n'avait pas visité le monument. Définitivement soulagé, Scott Marlow avait décidé de fêter l'excellente nouvelle autour d'un verre de whisky local.

Antony Alderby agressa Higgins.

— Inspecteur ! Nous avons délibéré.

— Initiative fructueuse, j'espère ?

— Notre patience est à bout. À présent, nous désirons examiner ce squelette de fond en comble.

— N'est-ce pas vous qui l'avez mis en quarantaine ?

— J'ai changé d'avis. Puisque votre tâche est terminée, laissez-nous travailler en paix.

— Impossible.

— N'entravez pas la marche de la science.

— Ne feriez-vous pas obstacle à l'établissement de la vérité ?

Alderby écrasa rageusement sa cigarette sous son talon.

— Vous n'avez aucune raison d'agir ainsi !

— Des faits nouveaux sont apparus.

— Lesquels ?

— Parlez-moi de James Esquin.

L'anatomopathologiste redressa le menton.

— Tout a été dit.

— Je crains que non.

Le père Bogrey rejoignit les deux hommes.

— Des difficultés, inspecteur ?

— Vous, mon père, n'oserez pas mentir.

— La bibliothèque ?

— En effet. Quand l'avez-vous découverte ?

— Très récemment.

— Impressionnant, n'est-ce pas ?

— Remarquable.

— Beaucoup plus que cela, mon père. James Esquin était un spécialiste de l'Ordre du Temple, il ne menait pas ses recherches au hasard.

— Possible.

— Que vous évoque son nom ?

Le regard furibond qu'Alderby lança au père Bogrey n'échappa pas à Higgins.

— Avez-vous consulté les listes de noms ?

— Bien entendu.

— Alors, vous avez appris l'existence d'Esquin de Florian, Templier du XIVe siècle.

— Peu reluisant personnage, semble-t-il.

— Il fut chassé de l'Ordre pour meurtre, jeté en prison, puis libéré par la police à condition qu'il joue les délateurs et les indicateurs.

— Un traître, pour résumer.

— Difficile de vous contredire, mais quel rapport avec James Esquin ?

— La coïncidence des noms a dû vous troubler, tout comme moi.

— Certes, mais où vous mène ce chemin ?

— Je ne sais pas encore, mais je ne dois pas négliger cet indice.

— Indice ? Je ne comprends pas.

— N'échafaudons aucune théorie et contentons-nous d'observer.

— Si vous me disiez...

— Plus tard, mon père.

Des éclats de voix intriguèrent les trois hommes. Ils provenaient de l'ancienne salle d'armes donnant sur le boulingrin.

— Je m'en occupe, dit Higgins.

La pluie avait cessé, mais un brouillard opaque tombait sur le château. De longues robes blanches s'étendaient sur les pierres grises, noyant les injures du temps ; très vite, elles s'unirent en un suaire qui étouffa les bruits et obstrua le regard.

Pourtant les éclats de voix percèrent la ouate ; Higgins s'approcha du lieu du drame.

— Laissez-moi tranquille ! hurlait Jenny Durham.

— Ne renversez pas les rôles, répliqua Andrew Stappel avec violence.

— Moi, renverser les rôles ? Vous vous moquez !

— Certes pas, mademoiselle, et vous le savez.

— Menteur ! Hypocrite !

— Modérez votre langage, je vous prie.

— Vous n'avez aucun ordre à me donner.

— Vous délirez, ma parole ! Il ne s'agit pas d'un ordre, mais d'un conseil de bon sens.

— Je n'ai que faire de vos conseils. Ils me mèneraient à ma perte.

— Vous exagérez, comme d'habitude.

— Si j'étais votre femme, je verserais du poison dans votre café.

— Et moi, si j'étais votre mari, je le boirais.

— Là, dehors, un fantôme !

Sortant du brouillard, Higgins franchit le seuil de la salle d'armes.

— Pardon de vous interrompre.

— Vous m'avez fait peur, inspecteur !

— Ce n'était pas mon intention.

— Vous êtes fort importun, se plaignit le professeur d'histoire.

— Le nom d'Esquin de Florian ne vous est-il pas aussi familier que celui de James Esquin ?

— Amusant. Vous piqueriez-vous d'érudition ?

— Nous nous verrons plus tard, M. Stappel : j'aimerais échanger quelques propos avec Mlle Durham.

— À votre guise.

CHAPITRE XVI

L'historien disparu, la chimiste se réfugia dans un angle de la salle d'armes et tourna le dos à Higgins. Tassée sur elle-même, fragile dans son ensemble gris et terne, elle était pathétique.

— Ne me torturez pas, inspecteur. Je ne l'ai pas mérité.

— Ne craignez rien, mademoiselle.

— Je ne sais rien, je n'ai rien vu, je ne veux rien voir.

— Prudente ligne de conduite, mais difficile à tenir dans les circonstances actuelles. Nous voilà avec deux cadavres sur les bras : l'un d'un illustre Templier du XIVe siècle, l'autre d'un chercheur de trésors dont le nom rappelle celui d'un traître et d'un délateur de la même époque. Étrange, non ?

— Ce... ce n'est pas mon domaine.

La voix s'était calmée.

— Votre domaine ne manque pas d'intérêt, mademoiselle ; à Cambridge, les chimistes étaient brillants : mémoire, faculté d'analyse, raisonnements rapides...

Jenny Durham se retourna et contempla Higgins, les yeux humides.

— Vous êtes un ancien de Cambridge ?

— J'ai cet honneur.

— Moi aussi, j'ai fait mes études là-bas ! Quelle merveilleuse période... Nous ne songions qu'à apprendre, apprendre chaque jour davantage, loin des turpitudes et des laideurs de l'existence.

— Hélas ! elle nous rattrape, dès lors que nous tentons de la fuir.

— Comme vous avez raison...

— Avec vos diplômes, obtenir un poste fut un jeu d'enfant.

— Détrompez-vous ! Qui reconnaît les vraies compétences, de nos jours ?

— L'adversité nourrit le vrai talent.

Jenny Durham sourit.

— Vous me comprenez à demi-mot.

— Savez-vous que je vous considère comme l'auxiliaire principale de mon enquête ?

La vieille fille fronça les sourcils.

— Qu'ai-je fait de particulier ?

— Votre compétence ne vous a-t-elle pas rapprochée de cette bactérie tueuse ?

— Mon Dieu, quelle horreur ! Mais de quelle manière ?

— Où se trouve votre laboratoire, mademoiselle ?

— Dans la banlieue d'Édimbourg.

— Est-il facile d'accès ?

— Je ne comprends pas.

— Quelqu'un pourrait-il s'y introduire aisément ?

— Sans doute, mais...

— L'un de vos collègues cultive-t-il des bactéries plus ou moins dangereuses ?

— Il existe bien un département, mais...

— Supposez que l'*Aspergillus flavus* ait été volée et déposée sur le poignet du squelette de Johan Jacobus de Kilwinning. Il s'agit d'un champignon facile à cultiver en laboratoire, et non moins facile à transporter.

Jenny Durham se sentit entraînée dans un cauchemar.

— Inspecteur... vous ne pensez pas ce que vous dites !

Higgins consulta son carnet noir dont il tourna les pages avec lenteur. Hypnotisée, elle le regarda faire.

— L'*Aspergillus flavus* a bel et bien tué James Esquin ; mon ami Babkocks a fourni un diagnostic formel à propos duquel je n'ai pas le moindre doute.

— Eh bien, en ce cas, pourquoi chercher plus loin ?

— Voilà une attitude peu scientifique, mademoiselle ; la quête de la vérité ne guide-t-elle pas chacun de vos pas ?

— Si, bien sûr...

Presque honteuse, la chimiste baissa les yeux.

— Sur quoi travaillez-vous *précisément*, mademoiselle ?

Le rose monta aux joues de la vieille fille.

— Vous savez, la chimie est un très vaste domaine. Dans mon laboratoire, de nombreux spécialistes se partagent des tâches délicates et...

— Cultivez-vous des bactéries, mademoiselle ?

Jenny Durham sursauta.

— Moi ? Bien sûr que non !

— Pour être tout à fait franc, j'ai l'intime conviction que cette bactérie tueuse n'est pas l'assassin, mais l'instrument utilisé par l'assassin. Le rôle de l'*Aspergillus flavus* est connu depuis longtemps dans le milieu de l'archéologie ; tissus anciens, poussières millénaires et vestiges divers en sont remplis. Quiconque s'occupe professionnellement du passé et pratique des fouilles connaît ce danger ; cette bactérie ne s'attaque qu'à des individus fragiles, malades ou prédisposés. L'état de santé de James Esquin ne lui a pas permis de résister à cette agression sournoise.

— Mais cela signifie que...

— Allez jusqu'au bout de votre pensée, mademoiselle.

— Non, c'est stupide, ridicule...

— Au contraire. Pour utiliser une telle arme, l'assassin devait savoir que l'organisme de sa future victime ne résisterait pas longtemps. Il suivait donc ses investigations de près et attendait qu'elles produisent un résultat positif avant d'intervenir.

— Ce que vous imaginez est... monstrueux !

— Un crime est toujours monstrueux, quelle que soit sa forme.

— Si vous avez touché juste, vous jetez la plus horrible suspicion sur une pléiade de savants réputés et honorables.

— Exact.

— Ça n'a aucun sens, inspecteur. Renoncez à cette théorie fantaisiste !

— Soupçonnez-vous quelqu'un d'avoir dérobé une culture bactérienne dans votre laboratoire et de l'avoir utilisée à des fins criminelles ?

D'un mouvement très vif, la chimiste se retourna contre le mur.

— J'aurais apprécié votre aide, déplora Higgins.

— Je ne peux rien dire, murmura Jenny Durham.

CHAPITRE XVII

Le gardien de la chapelle de Roslin apporta au château des œufs en croûte et du poisson séché. Marlow et Higgins assistèrent à des joutes oratoires où s'illustrèrent tour à tour le professeur Stappel, le père Bogrey, la jeune archiviste-paléographe Helie Step et l'anatomopathologiste Antony Alderby. Eleonora Tuloff prit quelques photos des érudits, Jenny Durham garda le silence. William Stoke, le néo-Templier, jeûnait dans sa chambre et priait Dieu.

Les passions ne faiblissaient pas. Le superintendant s'étonna de tant d'animosité ; il pensait que les érudits s'occupant du passé étaient des gens calmes et modérés. Mais chacun voulait imposer son point de vue, immédiatement contrecarré par des arguments qu'il fallait réfuter.

Au café, la discussion devint plus technique. On aborda le problème de l'authenticité d'un parchemin conservé dans une bibliothèque espagnole.

Eleonora Tuloff s'approcha de Higgins et lui parla à l'oreille.

— Pourrais-je vous demander un conseil... en privé ?

Higgins se leva, s'excusa auprès de l'assemblée et sortit en compagnie de la photographe. Ils firent quelques pas sur le boulingrin, baigné d'un soleil doux à travers les nuages. Au loin, les collines se teintaient de rose fané.

— Ces discussions deviennent assommantes, estima-t-elle ; j'avais envie de prendre l'air avec un homme normal. Quelle douce température, ne trouvez-vous pas ?

Eleonora Tuloff déboutonna le haut de son chemisier, ôta ses chaussures et marcha pieds nus dans l'herbe humide.

— J'adore cette sensation ! Pas vous, inspecteur ?

— Mes rhumatismes m'interdisent ce plaisir.

— Croyez-vous vraiment qu'un crime ait été commis ?

— Je le crains, mademoiselle.

— C'est horrible et fascinant à la fois ! Qu'est-ce qui pousse un être à tuer son semblable ?

— D'après le *Manuel de criminologie* de M.B. Masters, il existe autant de motivations que d'assassins, du moins en apparence : je partage assez son hypothèse selon laquelle le mal s'incarne dans deux grands types d'êtres qu'il symbolise par deux masques. L'un représente un visage rond, boursouflé, aux traits pâteux, avec des yeux exorbités et une bouche hurlante ; c'est la bestialité, la violence, la passion destructrice et tout ce qui s'y rattache. Beaucoup de criminels obéissent à ces pulsions-là.

— Et l'autre masque ?

— Il est l'opposé : un visage fin, pointu, tout en longueur, avec des yeux mi-clos, une bouche fuyante, des traits anguleux : c'est l'hypocrisie, la ruse, la fourberie, le mensonge, la trahison, et tous les modes de meurtres froids. Dans la plupart de mes enquêtes, sinon dans leur totalité, j'ai pu constater que, sous l'apparence plus ou moins trompeuse qu'il tentait de donner, l'assassin était l'un ou l'autre de ces deux monstres.

— Ne se conjuguent-ils pas parfois dans le même individu ?

— Toujours, avec une proportion plus ou moins importante du bestial et du rusé. Certains fous criminels sont presque totalement bestiaux, certains mauvais génies du crime demeurent glacés et affreusement lucides jusqu'à leur propre exécution. Les identifier n'est pas facile, et l'affaire se complique encore lorsqu'un bestial et un rusé s'allient pour commettre leurs forfaits. L'un se cache derrière l'autre, l'un aboie pendant que l'autre complote, l'un réalise ce que l'autre a conçu.

La photographe, dont le charme était aussi capiteux que son parfum, buvait les paroles de l'ex-inspecteur-chef.

— Vous me révélez tous vos secrets !

— Presque tous.

— C'est une belle marque de confiance.

— On ne relit jamais assez le *Manuel* de M.B. Masters. Il vous en apprend plus sur la nature humaine que les philosophes et les scientifiques.

Les beaux yeux verts de la photographe s'emplirent d'angoisse.

— Inspecteur... un assassin se cacherait-il parmi nous ?

— Un ou plusieurs. À ce stade de l'enquête, je ne peux être plus précis.

— Serions-nous... en danger ?

— Si le meurtre de James Esquin était un aboutissement, non ; s'il n'est que le premier acte d'une machination, oui.

— Et... quel est votre sentiment sur ce point ?

— Vous répondre serait une faute professionnelle.

Eleonora Tuloff saisit la main droite de Higgins.

— Vous me protégerez, inspecteur ?

— Le superintendant et moi-même ferons notre devoir.

Boudeuse, elle s'écarta.

— Je n'aime pas trop votre collègue.

— Vous avez tort ; c'est un policier efficace et scrupuleux.

— Je n'aime pas non plus cette bande d'historiens qui ressemblent à des gamins se disputant dans une cour d'école.

— Pourtant, vous êtes ici.

— Parce qu'on m'a reconnu comme la meilleure photographe de pièces archéologiques. Sans y penser, j'ai gagné des concours, et le ministère m'a sélectionnée pour aller sur les chantiers où les prises de vues sont les plus délicates ou les plus urgentes. Parfois, je ne dispose que de quelques heures et je n'ai pas le droit à l'erreur : la photographie est le premier témoignage fiable d'une fouille.

— Je vous admire, mademoiselle ; maîtriser ces appareils complexes réclame une longue pratique.

— Sans vantardise, je crois que j'étais douée dès le départ ; je joue d'un appareil photo comme d'un instrument.

— Sans lassitude ?

— Le jour où l'enthousiasme me fuira, je quitterai immédiatement ce métier.

— Pourtant, vous ne photographiez que des objets souvent bien difficiles à comprendre.

— Leur beauté et leur mystère me fascinent. Et puis, parfois, un cas exceptionnel se présente.

— Comme celui de ce Templier ?

— Exactement. N'est-ce pas merveilleux de ressusciter un mort en le fixant sur la pellicule ?

Un rayon de soleil nimba les cheveux blonds et courts de la belle photographe. Elle ferma les yeux quelques instants, savourant cette tendre chaleur comme une gourmandise. Un lourd nuage noir la priva bientôt de ce délice.

CHAPITRE XVIII

Eleonora Tuloff, toujours pieds nus, et Higgins, le genou gauche toujours douloureux, firent quelques pas sur le boulingrin. À cette distance de la salle à manger du château, personne ne pouvait entendre leur conversation.

— Je suppose que vous avez souvent croisé les personnes ici présentes.

— Plus ou moins, selon l'opportunité des chantiers et les disponibilités des uns et des autres ; mais je les connais toutes, c'est vrai.

— Avez-vous noué des liens d'amitié avec certains ?

— J'apprécie le dynamisme ravageur d'Antony Alderby ; à son âge, il est plus vert qu'un jeune homme et n'hésite pas à bousculer les notables, bien qu'il en soit un lui-même. Connaissez-vous sa dernière plaisanterie ?

— Je serais heureux de l'apprendre.

— Dans la petite ville d'Écosse où il habite, il a comme vis-à-vis une église presbytérienne. Ayant en horreur la bondieuserie et les bigotes, il a fait sculpter deux diables rouges dans une attitude obscène et les a fait installer sur son toit, le regard fixé sur l'entrée de l'église. Vous imaginez le scandale ! Alderby a invoqué la liberté de conscience et son goût artistique. Ni les élus municipaux ni les autorités religieuses n'ont réussi à chasser les deux démons.

— Le père Bogrey n'a pas dû apprécier.

— C'est le moins qu'on puisse dire ! Il l'a menacé d'excommunication, sans réussir à l'effrayer. Alderby ne croit qu'en la science. Pour lui, le cerveau humain est une magnifique mécanique dont on percera bientôt tous les mystères afin de fabriquer des robots qui nous déchargeront des tâches matérielles. Le futur bonheur de l'humanité réside dans le progrès technologique, à son avis.

Higgins avait ouvert son carnet noir et prenait des notes de son écriture fine et rapide. Son crayon noir était l'expression d'une parfaite stagnation technologique dont il se satisfaisait.

— Ne croyez pas que Bogrey et Alderby se détestent, poursuivit la photographe. La religion, Dieu et quelques autres détails les séparent, mais leur collaboration scientifique n'en a jamais souffert.

— Le père Bogrey recueille-t-il vos confessions, mademoiselle ?

Eleonora Tuloff éclata de rire.

— J'ai peur d'être une incurable mécréante ! À voir la tête du père Bogrey, son Dieu ne m'attire pas. Je n'ai pas le sentiment qu'il lui donne beaucoup de plaisir.

Par bonheur, Scott Marlow était absent et n'entendit pas des propos qu'il aurait jugés caractéristiques d'une sorcière participant au sabbat et à la destruction de l'Empire.

— À part son aspect plutôt rébarbatif, le père Bogrey est-il un savant respectable ?

— Chacun s'incline devant sa science ! Il est docteur *honoris causa* d'une dizaine d'universités dans le monde, et l'invité-vedette de quantité de colloques sur le Moyen Âge, l'histoire des religions et les hérésies. L'homme est modeste, ne se vante pas de son savoir, et infiniment sérieux. Il bannit ce qui me fait vivre : l'enthousiasme ! Pour lui, tout doit être mesuré, analysé. Jamais un élan du cœur, toujours un regard froid sur les êtres et les choses... exactement votre masque d'hypocrite, comme Alderby est celui de l'individu bestial !

— Ne nous précipitons pas, recommanda Higgins. Le professeur Stappel vous serait-il plus sympathique ?

— Je le hais.

— À ce point ?

— À ce point. C'est un arriviste ; doué et compétent, certes, mais un homme sans foi ni loi qui sacrifie tout et tout le monde à sa carrière. Voilà une belle synthèse du bestial et de l'hypocrite.

— En avez-vous souffert ?

— Moi, non ; je ne suis pas dans son champ de tir. D'autres, beaucoup.

Higgins sentit qu'Eleonora Tuloff n'en dirait pas davantage sur ce sujet.

— Jenny Durham est-elle de votre avis ?

La photographe parut piquée au vif.

— Elle ? Pourquoi elle ?

— N'est-elle pas sa fidèle collaboratrice ?

— Possible.

— Seriez-vous fâchée avec Jenny Durham ?

— Nous nous ignorons.

— Adoptez-vous la même attitude avec Helie Step ?

— Nous ne travaillons pas dans le même domaine. Une jeune femme compétente, sans nul doute ; mais je ne l'envie pas. Passer sa vie sur de vieux documents illisibles, quel ennui !

— Aviez-vous rencontré William Stoke auparavant ?

— Non.

— Le prenez-vous au sérieux ?

— Il croit en sa folie. Plutôt sympathique, non ? Mais vous me soumettez à un véritable interrogatoire, inspecteur.

— J'aimerais vous raconter une curieuse histoire. À l'époque où le grand Khan et ses Tartares semaient la terreur en Orient, Jacques de Molay devint son allié, puisque le Khan s'opposait aux musulmans et prenait position en faveur des chrétiens. Le grand maître de l'Ordre du Temple espérait une alliance qui garantirait la paix et la sécurité des populations. Son rêve prit forme lorsqu'un gouverneur, favorable à ses idées, fut installé à Damas ; à partir de la Syrie, le Temple comptait régner sur ce que nous appelons aujourd'hui le Proche-Orient. Mais ce gouverneur trahit Jacques de Molay et rendit vaine la victoire sur les Syriens. Le beau rêve fut ainsi fracassé.

— Pourquoi cet épisode me concernerait-il ?

— Connaissez-vous le nom de ce gouverneur ?

— Je l'ignore.

— Il s'appelait Cotuloffe ; n'est-ce pas remarquable ? Votre propre nom est si ressemblant.

— Pure coïncidence.

— Vos parents sont-ils anglais, mademoiselle ?

— Ma mère était anglaise, mon père turc. Mais ne vous avisez pas de confondre un Turc et un Syrien !

— Je m'en garderai bien.

La belle photographe ne parut nullement troublée.

— Vous faites fausse route, en cherchant à établir un lien quelconque entre moi et les Templiers. Ils sont morts, bien morts, et je n'ai aucune idée précise sur leur innocence ou leur culpabilité. Ce squelette m'intrigue, parce qu'il est une trouvaille extraordinaire, digne de mes objectifs. Qu'il soit assassin ou victime, quelle importance ? Personne ne le ressuscitera.

— Mais quelqu'un pourrait le venger.

Des larmes de pluie annoncèrent une averse.

— Rentrons, exigea-t-elle.

CHAPITRE XIX

Scott Marlow et Antony Alderby étaient attelés devant une pinte de bière brune à seize degrés. L'anatomopathologiste parlait au superintendant de ses plus beaux squelettes moyenâgeux ; il s'exprimait avec une passion certaine, heureux de remonter la piste de cadavres que l'on croyait disparus et qu'il parvenait à replacer dans leur époque.

— Vous m'excuserez, dit Eleonora Tuloff ; je n'éprouve aucun goût pour le morbide. Je monte faire une sieste.

Estomaqué, Alderby roula les yeux furibonds.

— Qu'est-ce qui lui prend, à celle-là ? Morbide ! Elle ne s'est pas regardée ! Qu'elle s'enferme dans sa chambre, comme les autres !

Suivit une bordée de jurons écossais heureusement intraduisibles.

Higgins explora la vaste salle à manger, plutôt austère, sans dénicher d'indices intéressants.

Lorsque la colère du savant s'apaisa, il s'assit à la table d'hôte.

— Vous n'appréciez guère Mlle Tuloff, dirait-on.

— Une aguicheuse, inspecteur. Elle doit répandre le malheur autour d'elle.

— Son charme est indéniable. N'auriez-vous pas...

Antony Alderby se frappa la poitrine d'un poing rageur.

— Moi ? Vous plaisantez ! Quand je veux une femme, je la prends. Quand elle me lasse, j'en prends une autre. Je ne suis pas genre à tomber dans les filets d'une séductrice comme cette Tuloff.

Très choqué par ce discours grossier, Marlow tenta de changer de terrain.

— Vous ne niez pas ses qualités de photographe ?

— Bof ! Elle ou une autre... la photographie est à la portée de n'importe qui. C'est l'appareil qui fait le travail, pas le photographe. Si elle est invitée sur des chantiers de fouilles comme celui-là, ce n'est pas en raison de ses compétences. Je suis persuadé qu'elle bénéficie de certaines protections.

— Vous me surprenez, dit Higgins.

— Vous ne connaissez pas le milieu ! Combines et compagnie. Des protections... et pas n'importe lesquelles.

Une idée affreuse traversa l'esprit de Marlow.

— Vous ne songez quand même pas au...

— Mais si, justement : au père Bogrey !

— Monsieur Alderby !

— Ne retardez pas, superintendant. Les curés ne sont plus ce qu'ils étaient... et puis, ils ont toujours été des hypocrites ! Comme Bogrey est moitié protestant, moitié catholique, il doit s'arranger avec sa conscience.

— Un savant remarquable, nota Higgins.

— Vous pouvez le dire. Dans son domaine, il n'a pas de concurrent.

— Le professeur Stappel n'hésite pourtant pas à le contredire.

— Lui seul peut se le permettre ; leurs joutes font progresser la science. Au fond, ils s'estiment et doivent même éprouver une certaine amitié l'un pour l'autre.

— Ils semblent irréconciliables.

— Stappel déteste les Templiers, à juste titre ; Bogrey les défend, au nom de la tolérance chrétienne. Grand bien lui fasse ! Après la mort, il n'y a rien. C'est pourtant simple à comprendre.

— Le professeur Stappel m'intrigue, avoua Higgins.

— Pourquoi ?

— J'ai l'impression qu'il détient un secret trop lourd pour lui.

— Rien n'est trop lourd pour Stappel ! Il a les épaules larges, soyez tranquille. Sa carrière est exemplaire à tous égards. Il a parfois poussé des coudes, comme n'importe qui, mais personne n'oserait le contester.

— Est-il ennemi du mariage ?

— Un grand scientifique a raison de ne pas s'encombrer d'une femelle geignarde qui l'accablerait d'une ribambelle de gosses insupportables. L'Histoire n'est-elle pas la plus fascinante des maîtresses ?

— « Femelle geignarde » ne dépeint pas exactement Helie Step.

Le regard de l'anatomopathologiste s'illumina.

— Mignonne, hein ? Inspecteur, je sens que nous avons les mêmes goûts ! Moi, je suis trop vieux ; elle, trop farouche. Citadelle imprenable, en apparence ! Il faudra de la persévérance et du doigté, mais je crois que le jeu en vaut la chandelle. Et surdouée, avec ça ! Stappel ne tarit pas d'éloges sur son compte. Il n'a jamais vu une paléographe déchiffrer aussi vite les écritures anciennes.

— Sur le cas des Templiers, leurs opinions sont tout à fait opposées.

— La petite commet une erreur de perspective. Sans doute un fond d'idéalisme et de romantisme ; ça lui passera avec l'âge.

— Pas de fiancé connu ?

— Elle n'a vécu que pour ses études, qu'elle a menées tambour battant ! Un jour, elle succédera à Stappel.

— Ne redoute-t-il pas la concurrence ?

— La différence d'âge l'évite.

— La collaboration de Mlle Durham doit vous être fort précieuse.

Antony Alderby frappa des deux poings sur la table.

— Ah ! celle-là ! Une nullité assommante. Un étudiant serait plus utile qu'elle ; elle ne doit même pas être capable de différencier la tourbe de l'eau claire. Je fais refaire la totalité de ses analyses par des chimistes sérieux et je jette ses rapports au panier.

— Comment expliquez-vous sa présence ?

— Voilà un vrai mystère à résoudre ! Elle dispose toujours d'un ordre de mission officiel. Si Scotland Yard est vraiment la meilleure police du monde, expliquez-moi comment elle s'y prend.

— Que savez-vous d'elle ?

— Rien de plus ; son affreuse petite personne ne m'intéresse pas.

— Je suppose que William Stoke ne trouve pas davantage grâce à vos yeux.

Le savant vida sa pinte.

— Lui, il m'amuse. Au fond, j'aime bien les fous. Ils mettent un peu de piment dans les nuages gris. Un néo-Templier ne peut faire de mal à personne ; il se promène avec sa cape, manie une vieille épée, se prend pour un chevalier au cœur vaillant et croit qu'il mettra un jour la main sur un fabuleux trésor. Un gamin égaré dans un monde trop dur pour lui. Surtout, qu'il reste enfermé dans son rêve ! S'il en sort, il est fichu. À côté de sa déception, le supplice de Jacques de Molay n'aurait été qu'une plaisanterie.

— Vous ne croyez guère à l'utilité de notre enquête ?

— Vous prenez des vacances, inspecteur, et je ne vous le reproche pas. Comme le superintendant a une descente digne d'un Écossais de bonne souche, nous deviendrons bons amis !

Une solide frappe dans le dos prouva à Marlow que soixante-dix années n'avaient pas entamé la vitalité d'Antony Alderby.

— Si vous restez dans le coin, poursuivit le savant, je vous emmènerai dans quelques vallons perdus où l'on distille le meilleur whisky d'Écosse. Mettre la police dans le coup, c'est le meilleur moyen d'être tranquille !

— Un détail m'intrigue, précisa Higgins ; votre nom me rappelle quelqu'un...

— Récent ou ancien ?

— Plutôt ancien.

— Allons, ne cherchez plus : vous pensez à Jean Alderby, évêque de Lincoln.

— Ne s'est-il pas engagé dans la lutte contre les Templiers ?

— Ce fut l'un de leurs plus farouches adversaires, en effet, et je me félicite d'appartenir à cette illustre famille. Mon ancêtre a bien fait d'extirper cette mauvaise herbe. Bien sûr, il était curé, et même évêque ; ça m'ennuie un peu, mais personne ne peut modifier le passé.

CHAPITRE XX

Antony Alderby s'étendit de tout son long sur un banc de bois, et s'endormit aussitôt. Le whisky écossais ne devait pas être étranger à cette brutale torpeur. Le superintendant contint avec peine un bâillement.

— Cela vous ennuierait-il, Higgins, si je m'adonnais à une petite sieste ?

— Je vous en prie, mon cher Marlow. Une promenade soulagera mon arthrite.

Higgins traversa le boulingrin et sortit du château. Pensif, il ne parvenait pas à cerner le cœur de cette étrange affaire et déchiffrer le voile d'un mystère qui s'épaississait. Certes, quelques lueurs apparaissaient ici et là, mais une peur latente ne se dissipait pas. L'ex-inspecteur-chef était persuadé que l'un des témoins de la mort de James Esquin courait un grand danger, et il n'entrevoyait encore aucun moyen de le mettre à l'abri.

Dix sentiers partaient vers les sommets érodés des

collines des Lowlands. Higgins partit à l'aventure, goûtant la paix d'une campagne retirée et la noblesse des nuages. Bien protégé par son Tielocken, il ne craignait pas l'humidité.

Du haut d'une colline moussue, ornée de bruyères, l'ex-inspecteur-chef contempla le modeste château où, pendant une dizaine d'années, James Esquin avait poursuivi d'intenses recherches avec l'espoir fou d'aboutir. Pour lui, le succès avait été synonyme de mort. Une profonde nostalgie imprégnait la bâtisse, comme si elle tentait de disparaître dans le brouillard pour échapper à un présent ingrat. Higgins songea aux *Sonnets oubliés* de J.B. Harrenlittlewoodrof :

Montagnes aux noms perdus,
Sentiers de grande lassitude,
Visages cachés au creux des sources,
Emportent l'âme brumeuse.

L'ex-inspecteur-chef évacua de son esprit les *a priori* et les hypothèses fragiles. Comme toujours, il se méfiait de l'évidence et voulait être libre de toute entrave intérieure pour accueillir la vérité, si elle daignait s'offrir à lui.

— Ne bougez pas, inspecteur. Ne vous retournez surtout pas.

La voix tremblait, menaçante.

— Que redoutez-vous ?

— Je ne veux pas être identifié ; vous ne me croiriez pas.

— Parlez librement.

— Je ne suis pas n'importe qui, inspecteur ! Il faut me croire.

— Me permettez-vous de prendre des notes ?

— Êtes-vous armé ?

— Juste un crayon.

— Moi, je tue si vous vous retournez !

— J'ai bien compris.

— Mes révélations sont essentielles, inspecteur ; vous devez m'écouter avec la plus grande attention.

— Comptez sur moi.

— Je suis le seul délégué de l'Ordre universel du temple mystique ; c'est lui qui a mené toutes les guerres au nom de Dieu, toutes les guerres justes qui ont chassé les infidèles des terres chrétiennes. Grâce à la sainte Bible et à l'épée des chevaliers, nous purifierons le monde !

— L'étape de Roslin semble délicate à négocier, observa Higgins, car les infidèles n'y manquent pas.

— J'en suis conscient ! Le stupre, la luxure et la débauche ont pénétré à l'intérieur du château.

— De quelle manière ?

— Sous la fenêtre d'Eleonora Tuloff, j'ai découvert une branche de cerisier cassée ! Bien entendu, je l'ai immédiatement brûlée en prononçant une formule d'exorcisme.

— Pardonnez mon ignorance, mais pourquoi cette inquiétude ?

— La branche de cerisier cassée est le symbole de la débauche ! Elle prouve que cette Tuloff est une fille volage, dont l'âme est vendue à Satan.

— En possédez-vous la preuve ?

— Ce signe du ciel me suffit.

— J'espère que Jenny Durham n'appartient pas à la même engeance.

— S'il en est ainsi, je le saurai ! Je mène une enquête serrée sur chacune des personnes présentes, car je dois préserver la vertu et la noblesse de Johan Jacobus de Kilwinning.

— Ne faut-il pas se méfier de Helie Step ?

— La femme n'est pas que l'esclave du démon, inspecteur ; elle est aussi servante de Notre-Dame, chaste et immaculée. La petite Helie a déchiffré le nom d'un glorieux Templier ; grâce lui soit rendue. Sa science est au service du Seigneur.

— Serez-vous aussi élogieux à propos du professeur Stappel ?

— Que les démons de l'enfer l'emportent ! Cet être est foncièrement mauvais. Il ne songe qu'à nuire, à calomnier et à détruire. Sa mort me réjouira. Savez-vous qui est cet homme en réalité ? La réincarnation du grand inquisiteur ! À cause de lui, des milliers d'innocents furent torturés et brûlés. Il ne mérite que le châtiment suprême ! Examinez de près sa carrière... vous constaterez qu'il s'agit d'un truqueur et d'un tricheur. Ses titres sont usurpés, sa science n'est que bave haineuse.

— J'espère qu'il n'a pas de complices.

— Détrompez-vous, inspecteur ! L'abominable Alderby lui prête main-forte. Ensemble, ils tentent d'étouffer la vérité et de répandre les ténèbres. Celui-là aussi aura une mort affreuse, juste punition pour son attitude impie.

— Épargnez-vous au moins le père Bogrey ?

— Qu'il s'en tienne à son ministère, et il pourrait devenir mon allié sur le chemin de Dieu et de la rédemption des Templiers.

— Justement, le voilà.

George Bogrey, apercevant Higgins, lui fit un signe de la main. L'ex-inspecteur-chef lui répondit.

— Vous n'auriez pas dû !

— Il emprunte le sentier et monte vers nous.

— Personne ne doit savoir que je vous ai parlé.

— Disparaissez au plus vite.

— Avez-vous bien perçu l'importance de mes déclarations ?

— Tout sera noté sur mon carnet.

— Agissez, inspecteur !

— Soyez prudent en descendant vers le château, monsieur Stoke ; le sol est glissant.

CHAPITRE XXI

D'un pas lent et tranquille, le père Bogrey rejoignit Higgins.

— Quelle vue superbe, inspecteur !

— Admirable, en effet.

— Tout comme vous, je profitais de cette éclaircie pour me dégourdir les jambes. Je ne vous dérange pas, au moins ?

— Bien sûr que non.

— Votre enquête m'inquiète, je l'avoue ; que le malheureux Esquin ait été assassiné serait assez terrifiant. Persistez-vous dans votre conviction ?

— Je persiste.

— Alors, c'est sérieux. Un homme de votre expérience ne parle pas à la légère.

— Par bonheur, il m'arrive de me tromper.

— Ce ne doit pas être fréquent.

— Ne puise-t-on pas la vérité de demain dans la conscience de nos erreurs ?

— Vous êtes un policier étonnant, inspecteur.

— Accepteriez-vous de me conduire à la grotte où fut découvert le squelette du Templier ?

— Le chemin est difficile, voire périlleux.

— Guidé par vous, que craindrais-je ?

— À votre guise ; il est vrai que la promenade est magnifique.

George Bogrey et Higgins suivirent un chemin de crête, puis descendirent vers une gorge abrupte et boisée. Le religieux avait le pied montagnard, l'ex-inspecteur-chef se comportait de manière honorable. Ses genoux renâclaient un peu, mais tenaient bon. L'endroit était sauvage et reculé à souhait.

La compagnie de sangliers, fermement campée sur ses positions, se tenait sur un plateau rocheux surplombant une source. Un énorme mâle, un adolescent vigoureux, une laie massive, et trois marcassins observaient, figés, les deux intrus. Réveillée en pleine journée, la troupe paraissait nettement hostile ; des groins agressifs se tendaient vers les promeneurs. Celui du mâle, équipé de superbes canines, semblait moins redoutable que celui de la femelle, se contentant de crochets ; mais Higgins savait qu'elle n'hésiterait pas à foncer pour défendre ses petits, si touchants dans leur pyjama marron à rayures. Intrigués et vaguement inquiets, ils se pressèrent contre les flancs de leur mère, tandis que le chef de la compagnie émettait un grognement de mauvais augure.

— Dieu nous protège, murmura le père Bogrey.

Higgins avança très lentement, sans quitter des yeux le grand mâle. La femelle fit demi-tour, suivie des marcassins, ravis de gambader à nouveau. L'adolescent les suivit, alors que l'ex-inspecteur-chef n'était plus qu'à trois mètres du grand mâle.

Entre l'animal et l'homme passa un courant de sympathie. Les regards, francs et directs, ne cachaient pas l'âme. Higgins y reconnut la sagesse de la forêt, le sanglier le respect de la puissance. Cassant la patte avant droite, il gratta le sol, et rejoignit son clan.

Le père Bogrey s'épongea le front.

— Dieu soit loué... Nous avons eu de la chance. Mais vous avez pris beaucoup de risques, inspecteur.

— Le chef de la compagnie n'avait pas encore atteint le statut de « grand vieux » ; sinon, il se serait montré moins amical. Comme les marcassins étaient sevrés, la laie n'avait aucune raison de nous attaquer. Avec ces splendides coureurs de sous-bois, tout est affaire de regard et de dialogue.

— Parleriez-vous aux bêtes, comme saint François d'Assise ?

— Comparaison trop flatteuse ; mes longues promenades en forêt m'ont offert quelques petits secrets.

— J'espère que vous ne sombrez pas dans un quelconque paganisme.

— La nature n'est-elle pas un chant divin ?

— Désirez-vous continuer ?

— En douteriez-vous ?

Les deux hommes traversèrent le lit d'un torrent en passant de pierre en pierre, puis escaladèrent une pente assez raide en s'agrippant à des branchages. Dans un chaos de roches, plusieurs ouvertures.

— C'est ici, indiqua le père Bogrey. La seconde grotte, sur votre droite.

— Les autres étaient vides ?

— Oui. Je les ai explorées avec le professeur Stappel, sans aucun résultat.

S'introduire dans la bonne grotte exigea un effort certain ; Higgins fut le plus agile, et tendit la main à l'ecclésiastique, raide et mal à l'aise.

— Manqueriez-vous d'entraînement, mon père ?

— J'avoue avoir horreur du sport ; marcher dans ma bonne ville d'Édimbourg me suffit.

Au moment où Higgins pénétrait dans la grotte, un rayon de soleil l'éclaira. Perçant les nuages et jouant avec les feuillages, il fut suffisant pour lui permettre de progresser dans les entrailles du roc.

L'endroit ressemblait à une crypte de cathédrale. Voûte, parois arrondies, sol aplani prouvaient le passage de tailleurs de pierre. Au Templier Johan Jacobus de Kilwinning, on avait voulu donner une sépulture digne de son rang.

— Où se trouvait le cercueil ?

— Juste au-dessous de la clé de voûte, répondit le père Bogrey.

Higgins leva les yeux et vit une tête étrange sculptée dans la roche, sans doute une nouvelle illustration du fameux Baphomet, emblème mystérieux que l'Inquisition avait assimilé au diable.

— Nous ne devrions pas tarder, recommanda le père Bogrey ; sinon nous risquons d'être surpris par la nuit.

— James Esquin a-t-il établi un inventaire de ses trouvailles ?

— À ma connaissance, il n'a découvert que le cercueil contenant la dépouille du Templier.

— Vos propres investigations furent-elles stériles ?

— Je n'ai pas trouvé le plus petit objet. Le chevalier de Kilwinning était le seul trésor de ce sanctuaire oublié.

Higgins sortit une lampe torche, petite mais puissante, de la poche de son Tielocken. Avec sa méticulosité coutumière, comme s'il avait l'éternité devant lui, il examina l'endroit pouce par pouce.

Sous un éclat de calcaire, un gant noir.

L'ex-inspecteur-chef déplaça l'éclat, éclaira le gant et le manipula avec son mouchoir.

— Aviez-vous inspecté ce recoin ?

— Je ne crois pas.

— Cet objet ne date pas du Moyen Âge.

— C'est certain.

Higgins procéda à une ultime vérification. Le cœur net, percevant la nervosité du père Bogrey, il sortit de la grotte.

— Nous devons hâter le pas.

— Vous semblez inquiet.

— À dire vrai, inspecteur, j'ai l'impression qu'on nous épie.

CHAPITRE XXII

— Avez-vous identifié quelqu'un ?

— Non, je n'ai vu personne... Peut-être suis-je victime d'une illusion.

— Nous verrons bien ; ne négligeons pas vos impressions.

— Êtes-vous armé ?

— Rassurez-vous, nous saurons nous défendre.

— Les chasseurs sont nombreux, dans la région.

— Vous et moi ferions un curieux gibier ; rentrons, voulez-vous ?

Le père Bogrey ouvrit la route, mais se retourna souvent. La sérénité de Higgins le rassura. Quelques gouttes de pluie annoncèrent une averse ; des rafales de vent écartèrent les nuages. Le soleil avait disparu, les clartés du jour finissant s'estompaient vite.

— Quelle est la nature exacte de votre mission, mon père ?

— J'ai été nommé par un congrès scientifique

pour étudier les formes religieuses du passé, spécialement du Moyen Âge.

— Congrès protestant ou catholique ?

— Les deux tendances de notre mère l'Église se sont unies dans une même recherche.

— L'Église d'Écosse, foncièrement calviniste, ne traite-t-elle pas de haut les catholiques ?

— Ces derniers sont assez nombreux pour se faire respecter ; beaucoup occupent des postes importants. Aussi les deux mille pasteurs doivent-ils s'entendre avec eux. Les enfants du Seigneur s'accordent pour célébrer son nom ; ayant eu le bonheur d'obtenir leur confiance, je peux travailler en paix et suivre la trace de la présence divine à travers l'Histoire.

— La présence de William Stoke doit vous irriter.

— Je n'ai pas le droit de condamner un esprit sincère, fût-il égaré. L'est-il vraiment, d'ailleurs ? Les faits sont là : la mort de Jacques de Molay et la disparition officielle de l'Ordre du Temple n'ont pas entraîné la disparition de tous les Templiers.

— Prendriez-vous au sérieux les prétentions de Stoke ?

— Elles méritent examen, en toute impartialité. Si elles reposent sur un fondement historique, force sera de le reconnaître.

— Tel n'est pas l'avis du professeur Stappel, me semble-t-il.

— Andrew est un scientifique rigoureux, ennemi de toute concession.

— N'éprouve-t-il pas une haine bien peu scientifique à l'égard des Templiers ?

— Je ne crois pas. Son jugement se fonde sur des faits concrets qu'il juge inattaquables : pour lui, les Templiers étaient une confrérie dangereuse, menaçant la sécurité des États.

— Le professeur est très attaché au pouvoir central.

— Comme beaucoup d'historiens.

— Brillante carrière et belle réputation, d'après la rumeur.

— Elle est exacte, pour une fois.

— Aucune critique, sur son compte ?

— Médisances et calomnies ne m'intéressent pas. Je... je pense que nous sommes toujours suivis.

Higgins ne se retourna pas.

— Rassurez-vous, mon père.

— Négligeriez-vous le danger ?

— En Orient, je m'y suis habitué. Celui-là ne me paraît guère pressant ; en revanche, l'un des membres de votre petit groupe risque d'attirer sur lui les foudres du Templier.

— Dieu nous en préserve !

— Ne sauriez-vous rien d'insolite sur Andrew Stappel ?

— Vraiment rien, inspecteur.

— Et pas davantage sur Helie Step ?

— Cette jeune fille a un très bel avenir devant elle, si elle sait résister à la tentation.

— De quel ordre, mon père ?

— De tous ordres. Mille dangers guettent une jeune et belle scientifique, si douée qu'elle a vite surpassé ses professeurs. Elle doit se méfier d'elle-même autant que d'autrui, garder la tête froide et repousser les flatteurs.

— Qui accusez-vous ?

— Mais... personne ! Ce ne sont que des propos d'ordre général.

— On ne les écoute jamais assez ; je suis persuadé qu'un homme d'expérience comme Antony Alderby en a tiré le plus grand profit.

— C'est certain.

— Lui aussi se montre farouchement hostile aux Templiers.

— Comme à toute forme de croyance, hélas ! Son anticléricalisme m'a choqué plus d'une fois mais je ne suis pas parvenu à le ramener sur le chemin de la vérité, ni même sur celui de la croyance. Nos joutes furent souvent rudes, je l'admets, mais comment renoncer à le convaincre ?

— Contesteriez-vous ses compétences ?

— D'aucune manière. En tant que religieux, je déplore son athéisme ; mais en tant qu'historien des religions, je me loue de sa collaboration et des résultats de ses investigations.

Le soleil mourait sur les collines des Lowlands ; une nuit humide et fraîche s'étendait sur les bruyères.

— Je m'interroge sur le comportement de Jenny Durham.

— Pourquoi, inspecteur ?

— Elle me paraît inquiète et mal à l'aise.

— Ne travaille-t-elle pas dans un domaine où la concurrence est très vive ?

— Sa présence ici prouve ses exceptionnelles qualités.

— Je me montrerai plus réservé que vous. Stappel, Alderby, Helie Step sont sans concurrents réels dans leur spécialité, alors que d'autres chimistes aspirent au poste de Jenny Durham. Elle doit le défendre bec et ongles, ce qui explique sans doute sa nervosité.

— Ne garderait-elle pas un secret... gênant ?

— Je l'ignore.

Une bourrasque de vent ralentit la marche des deux hommes. Ils sortirent néanmoins de la zone la plus dangereuse et avancèrent sur un chemin plus large, en terrain découvert.

— Je vous avoue que je me sens mieux, inspecteur. Sans doute me suis-je trompé ; personne ne nous suivait. Mais ces ombres, ces bruits étranges...

— Lorsqu'on n'est pas habitué à la nature, elle est parfois inquiétante. L'humanité vous rassure-t-elle davantage ?

— Elle est parfois fort complexe, je vous le concède.

— Ou fort séduisante, lorsqu'elle s'incarne dans la personne d'Eleonora Tuloff.

L'homme d'église demeura muet et pressa le pas en direction du château.

— Un détail me préoccupe.

— Lequel, inspecteur ?

— L'un de vos ancêtres n'aurait-il pas été en contact avec les Templiers ?

— Non... je ne vois pas.

— Par exemple, un religieux plus ou moins favorable ?

Le père Bogrey parut troublé.

— Vous réveillez de très vieux souvenirs, M. Higgins ; il exista bien un Jean de Bugrey, chapelain de l'Ordre du Temple, mais il ne joua aucun rôle dans l'aventure et dans la tragédie. La proximité de nos noms ne prouve pas que nous appartenions à la même famille ; je suis même persuadé du contraire.

La pleine lune se faufila entre deux masses nuageuses. Elle éclaira une scène énigmatique que l'œil de l'ex-inspecteur-chef perçut en un bref instant, avant que les ténèbres ne reprennent le dessus.

Bogrey joignit les mains en un geste de prière.

— Je viens d'apercevoir le diable, déclara-t-il d'une voix tremblante.

CHAPITRE XXIII

Sans abonder dans le sens du père Bogrey, Higgins dut admettre que son interprétation était envisageable.

— Allons-nous y regarder de plus près ?

— Conscience professionnelle oblige.

— Je vous accompagne, inspecteur.

— Si le Malin nous a tendu un piège, votre aide me sera précieuse.

Les deux hommes s'écartèrent du château et descendirent une pente herbeuse aboutissant à un trou d'eau. Sur le bord de la mare, une femme agenouillée marmonnait des mots incompréhensibles face à une petite tête féminine en bois doré, d'une assez belle allure. Un bref rayon de lune l'éclaira un instant.

— Ce n'est pas le diable, murmura Higgins.

— Tant mieux ; ne devrions-nous pas nous éloigner ?

— J'aimerais en savoir davantage.

— Est-ce bien prudent ?

Higgins avança. La femme semblait fascinée par la sculpture, indifférente au monde extérieur. Le père Bogrey s'approcha à son tour.

— Mademoiselle Durham ! s'exclama-t-il, stupéfait. Que faites-vous ici ?

La chimiste, toujours concentrée, ne répondit pas.

— Réveillez-vous, ma fille, je vous en prie !

— Ne la brusquons pas, recommanda Higgins. Elle est en état d'hypnose.

L'ex-inspecteur-chef parla doucement à l'oreille de Jenny Durham. Peu à peu, son regard devint moins fixe, et elle tourna la tête vers l'homme du Yard.

— Inspecteur... c'est bien vous ?

— C'est bien moi, mademoiselle.

— Mais... je me croyais seule !

— Le père Bogrey et moi nous nous promenions dans les parages ; nous avons pensé que vous aviez peut-être besoin d'aide.

— Moi ?

— Quelqu'un vous accompagnait-il ?

— Non, non, je suis seule.

— Et ce joli visage de femme ?

Avec une vivacité inattendue, la chimiste s'empara de la sculpture et la jeta dans la mare.

— Que représentait-elle ?

Jenny Durham tira sur ses bras épais et resserra son chignon.

— Je sais à quoi vous pensez, inspecteur, au *Baphomet* des Templiers, à cette tête satanique que l'Inquisition leur reprochait d'adorer ! Trop simple, vraiment trop simple. Savez-vous comment ils transportaient ce *Baphomet* ? Dans un sac, de commanderie en commanderie. Lorsqu'ils en sortaient la tête tant redoutée, ils proclamaient : « Voici un ami de Dieu qui converse avec lui quand il veut ; remerciez-le de vous avoir conduit parmi les Templiers. »

— Contestable, objecta le père Bogrey.

— Horrible et blasphématoire, poursuivit la chimiste ; c'est pourquoi j'ai tenté un exorcisme.

— Ce n'est pas votre rôle, estima le religieux, acide.

— Si vous faisiez votre travail, je n'aurais pas à intervenir ! Pour lutter contre les maléfices du Templier, une seule solution : la martyre Ursule, la dernière des onze mille vierges. Sa sainteté est telle qu'elle s'opposera avec vigueur aux forces du mal.

— Pourquoi avoir jeté son effigie dans ce trou d'eau ?

— Je n'en suis pas digne, car je suis une pécheresse.

— Désirez-vous que je vous confesse ? intervint le père Bogrey.

Jenny Durham se leva, courroucée.

— Quand j'aurai accompli ma mission.

— En quoi consiste-t-elle ? s'enquit Higgins.

— Le mal règne sur le monde, inspecteur, et l'homme lui sert de courroie de transmission.

— Pas le père Bogrey, tout de même ?

— Trop complaisant, mais il est au service du Seigneur, et je le respecte.

— Dois-je comprendre qu'il n'en va pas de même pour les autres représentants de la gent masculine ?

La vieille fille eut un rictus.

— Les ennemis sont peut-être ailleurs, inspecteur. Croyez-vous que les femmes soient à l'abri du diable ? Je ne suis ni innocente ni naïve. Helie Step ressemble à une sainte-nitouche, si parfaite, si pure, si attachée à son travail, mais que cache-t-elle vraiment ? Le Malin ne pourrait trouver meilleure apparence pour tromper les plus méfiants.

— Auriez-vous des indices concrets ?

— Observez, inspecteur, observez sans cesse, et vous comprendrez ?

— Portez-vous de semblables accusations contre Eleonora Tuloff ?

— Observez, vous dis-je ! N'est-elle pas traversée de forces hostiles qui la rendent plus pécheresse qu'elle ne l'imagine ? Écartez-vous d'elle, je vous aurai prévenu.

Le père Bogrey parut offusqué.

— La calomnie est un péché, ma fille. Puis-je vous recommander de bien peser le poids de vos paroles ?

— Je suis chimiste, mon père, et j'aime l'exactitude ; j'ai conscience d'avoir des ennemis et je ne sous-estime pas leur puissance.

Higgins consulta son carnet noir, dont il éclaira une page avec sa lampe de poche.

— Votre intérêt pour les Templiers est assez surprenant, mademoiselle Durham ; votre métier ne vous prédisposait pas aux études historiques.

— Simple hobby.

— N'auriez-vous aucun ancêtre plus ou moins proche de l'Ordre du Temple ?

— Certainement pas.

— En êtes-vous si sûre ?

— Je connais mal ma généalogie, mais...

— Antoine de Durham : ce nom vous est-il inconnu ?

— Tout à fait.

— Antoine de Durham était chapelain du roi d'Angleterre, allié de Clément V, et farouche adversaire des Templiers.

— Une fois encore, inspecteur, j'ignorais son existence.

CHAPITRE XXIV

Une pluie violente s'abattit sur les Lowlands, brisant net l'entretien. Le trio regagna le château d'un pas pressé. Jenny Durham courut devant les deux hommes et monta à sa chambre sans saluer personne ; frigorifié, le père Bogrey se chauffa au feu de la cheminée de la grande salle.

Scott Marlow ne dissimula pas son mécontentement.

— Mais enfin, Higgins ! Où étiez-vous passé ? Je commençais à m'inquiéter.

— Avez-vous bavardé avec les témoins ?

— Des conversations banales.

— Les Templiers reviennent-ils souvent ?

— Sans arrêt ; je vais finir par devenir un spécialiste, à force d'entendre ces érudits se battre sur des détails !

— Aucun élément intéressant sur notre enquête ?

— Aucun.

Le superintendant offrit à son collègue un pur

malt de Glenfiddish, un classique de la gastronomie écossaise.

— J'ai visité la grotte où James Esquin a découvert la dépouille de Johan Jacobus de Kilwinning... Endroit remarquable et passionnant, bien qu'assez difficile d'accès. Le père Bogrey a eu l'amabilité de m'y conduire.

— Des trouvailles ?

— Un gant noir de grand luxe.

— Dans une tombe de Templier ?

— Vous comprendrez pourquoi un interrogatoire s'impose.

— Je vous accompagne.

Réchauffé par le pur malt, Higgins aborda Helie Step qui lisait le compte rendu d'un congrès de paléographie ; installée près de l'âtre, elle était très concentrée.

— Pourriez-vous nous accorder un entretien, mademoiselle ?

La jeune femme sembla étonnée.

— Est-ce si urgent ?

— Vous nous obligeriez.

— À votre guise.

— Je souhaiterais un endroit plus tranquille que celui-ci.

— Montons dans ma chambre.

La pièce était petite et plutôt austère. Parquet ancien mal entretenu, lit et commode en sapin, rideaux droits en tissu écossais créaient une atmosphère plutôt rébarbative.

— L'endroit vous plaît-il ?

— Je n'y prête guère attention, inspecteur.

Les yeux vifs et pétillants d'Helie Step cherchaient à percevoir les intentions d'Higgins. La radieuse jeunesse de son visage était en parfaite harmonie avec son élégance innée.

— Progressez-vous dans votre étude du manuscrit ?

— À présent, il me faudrait travailler en bibliothèque ; dès que vous nous aurez relâchés, je m'y précipite.

— Portez-vous des gants noirs ?

Elle contempla ses mains gantées.

— La plupart du temps, en effet.

— Est-il indécent de vous demander la raison de cette habitude ?

Sans la moindre nervosité, Helie Step se déganta.

— De vilaines blessures, consécutives à un accident. Comme vous le constatez, les gants sont plus esthétiques.

Elle cacha vite les cicatrices, un voile de tristesse masquant son regard.

— Ne tentez pas de me réconforter, monsieur ; je sais que le temps n'effacera pas ces plaies affreuses. J'ai accepté, à condition de ne pas les voir.

— Avez-vous visité la grotte où fut découvert le squelette du Templier ?

— Non, inspecteur ; je n'ai pas le pied montagnard.

— Qui participait à l'expédition ?

— Le professeur Stappel, Antony Alderby, le père Bogrey, Eleonora Tuloff et James Esquin, naturellement.

— Pas Jenny Durham ?

— Si, je l'oubliais.

— Et William Stoke ?

— Mes collègues ne l'auraient pas admis.

— Combien de paires de gants possédez-vous, mademoiselle ?

— Une demi-douzaine.

— En avez-vous perdu une, récemment ?

— Je ne crois pas. Je ne perds jamais rien.

— Seriez-vous assez aimable pour vérifier ?

— Comme vous voudrez. Je range toujours mes gants dans l'un des soufflets de ma valise.

Helie Step ouvrit la porte de l'armoire, en sortit sa valise et vérifia.

— C'est bizarre... je ne comprends pas.

— Une anomalie ?

— Il me manque un gant.

— Serait-ce celui-ci ?

Higgins le présenta à Helie Step.

— Oui, en effet. Où l'avez-vous trouvé ?

— Êtes-vous certaine de ne pas l'avoir perdu ?

— Certaine. Refusez-vous de me répondre ?

— Secret de l'enquête, intervint Marlow, sévère.

— Acceptez-vous de me rendre mon bien ?

— Hélas, non ! mademoiselle, déplora Higgins.

— Qu'allez-vous en faire ?

— L'expédier au laboratoire central du Yard, répondit Marlow, et procéder à toutes les analyses nécessaires.

— Pour quelle raison ?

— Parce que ce gant devient un indice.

— Êtes-vous conscient que quelqu'un a pénétré dans ma chambre et me l'a volé ?

— C'est une hypothèse tentante, admit Higgins.

— Hypothèse ? Certitude, voulez-vous dire !

— Auriez-vous des ennemis, mademoiselle ?

CHAPITRE XXV

Helie Step frotta entre ses doigts les perles de son collier d'ambre.

— Des ennemis... qui n'en a pas ?

— Vous êtes si jeune.

— C'est mon problème, précisément.

— Que vous est-il arrivé ?

— Le travail m'a portée trop loin, trop tôt.

— Il n'aurait pas suffi, remarqua Higgins ; vous oubliez le talent. La paléographie est une technique fort difficile.

— Dès mon adolescence, elle m'a passionnée ; le latin m'amusait. Les examens, les mentions, l'université, les concours, un premier poste, les félicitations du doyen de la faculté, la publication de ma thèse, le début d'une carrière sans avoir eu le temps de vivre ma jeunesse... je l'aurais oublié, s'il n'y avait pas eu tant de jalousie.

— De la part de qui ?

— Du professeur Stappel. Au fil des ans, il a bâti

un véritable empire et a pris l'habitude de tirer toutes les ficelles. Sans m'en apercevoir, je l'ai gêné. Je n'entrais pas dans son système et, pis encore, je n'avais pas besoin de lui. Il m'a tendu des pièges, je ne les ai même pas vus !

— Il a tenté de ruiner votre carrière, n'est-ce pas ?

— De la manière la plus insidieuse. Des insinuations, des rapports truqués, quelques médisances... la chance m'a protégée. Lorsque des amis m'ont décrit Stappel comme un monstre et m'ont dévoilé ce qu'il avait entrepris contre moi, je n'en ai pas cru mes oreilles.

— Avez-vous osé l'affronter ?

— Ce ne fut pas nécessaire, inspecteur ; le professeur Stappel est venu vers moi pour me proposer une trêve. À condition que je demeure dans mon domaine, il ne me causerait plus d'ennuis. Pacte conclu ; je n'ai aucune ambition mondaine. Ainsi, je suis libre d'exprimer mes opinions, même si elles ne coïncident pas avec celles d'Andrew Stappel.

— Êtes-vous assurée que le dragon est définitivement jugulé ?

— Si c'est un vrai dragon, il se réveillera.

— Croyez-vous qu'Antony Alderby l'encouragera ?

Helie Step réfléchit.

— Je ne sais que penser d'Alderby. J'apprécie son dynamisme et son enthousiasme, mais je me demande souvent s'il n'est pas hypocrite. Parfois, il a un regard fuyant, des attitudes équivoques.

— Que cache-t-il, à votre avis ?

— Je l'ignore. C'est une sensation, rien de plus ; en vérité, je le connais très mal. Mais pourquoi, à son âge, s'acharner encore sur les Templiers ?

Higgins continua de prendre des notes sur son carnet noir.

— Mes propos sont-ils si intéressants, inspecteur ?

— Ils pourraient l'être.

— Pensez-vous toujours... à un meurtre ?

— Détenez-vous un argument qui m'en dissuaderait ?

— Permettez-moi de demeurer paléographe.

— Jenny Durham ne vous accuse-t-elle pas de sortir de votre rôle ?

— Pourquoi le ferait-elle ?

— Elle me paraît jalouse de toutes les autres femmes.

— N'est-ce pas la caractéristique majeure de n'importe quelle vieille fille ?

— Néanmoins, vous n'avez pas à vous plaindre d'elle.

— Nullement.

— Le père Bogrey vous a-t-il encouragée ?

— Il n'avait pas à le faire.

— Cette restriction cacherait-elle une dissension ?

— Non, aucune. Le père Bogrey est quelqu'un de très distant, voilà tout. Son âge, sa réputation, ses compétences m'impressionnent au plus haut point. Pour être sincère, j'ose à peine lui parler, je ne suis qu'une spécialiste, dans un domaine limité ; lui règne sur l'histoire des religions. Comment pourrions-nous être comparés ?

— L'attitude de William Stoke doit beaucoup vous irriter.

— Tantôt oui, tantôt non. Il paraît sincère, mais n'est-il pas manipulé par une chapelle plus ou moins fanatique ?

— A-t-il tenté de vous convaincre ?

— Il est très respectueux envers les femmes, presque timide.

— Même envers Eleonora Tuloff ?

— La jugeriez-vous trop aguichante ?

— Et vous, mademoiselle ?

Helie Step regarda ses gants noirs.

— Elle est très belle, vraiment très belle ; qui le lui reprocherait ?

— Des liens d'amitié se sont-ils noués entre vous ?

— Nous sommes trop différentes.

Higgins consulta son carnet noir.

— Ces vers vous sont-ils familiers ?

Tu es plus belle que le jour,
La neige n'est pas plus blanche ;

Pour traverser le ruisseau d'amour,
Je ne voudrais pas d'autre barque.

La jeune fille rosit, Marlow fut extrêmement gêné.

— Je connais très mal la poésie, inspecteur, je...

— Ces vers sont dus à la plume d'un grand personnage, mais plutôt inattendu dans le rôle de poète : le pape Clément V, né Bertrand de Got, complice de Philippe le Bel lors de la destruction de l'Ordre du Temple. Son couronnement dramatique aurait dû le mettre en garde.

— L'affaire du mur ?

— Si ma mémoire est bonne, lorsqu'il fut intronisé à Lyon, un mur s'écroula et tua une dizaine de personnes ; lui-même fut désarçonné et se blessa. Bien mauvais début, pour un pape.

— Sans compter la chute de la tiare !

— J'ignorais.

— Les devins jugèrent l'événement terrifiant ; ils estimèrent que la tiare pontificale ne voulait pas rester sur la tête de Clément V et qu'il eût été bien inspiré de renoncer à sa fonction. Lorsqu'on ramassa la précieuse couronne, une pierre précieuse tomba ; elle ne fut jamais retrouvée. Mais... pourquoi me citiez-vous ces vers, sans nul rapport avec les Templiers ?

— Parce que le pape Clément V avait une liaison avec une femme magnifique, Brunissende d'Albi, qui, disait-on, lui coûtait plus cher que la Terre sainte. Il était si amoureux qu'il lui écrivait des poèmes.

Épouvanté, Marlow comprit pourquoi l'Église catholique romaine était incapable de défendre les valeurs morales de l'Empire.

— Le Moyen Âge était très libre, inspecteur ; le célibat des prêtres est une invention récente. Son obligation ne figure dans aucun texte ancien.

— L'amour ne me paraît pas condamnable ; c'est le nom de jeune fille de Brunissende d'Albi qui m'a étonné : elle se nommait Helie de la Marche. Helie, c'est votre prénom ; le mot français « Marche » se traduit par « step » en anglais. Helie Step, réincarnation d'Helie de la Marche, n'est-ce pas étrange ?

La jeune paléographe éclata d'un rire perlé.

— Je vous jure, inspecteur, que je ne suis pas la maîtresse du pape !

On frappa des coups violents à la porte.

— Ouvrez immédiatement ! exigea une voix coléreuse.

CHAPITRE XXVI

Marlow ouvrit la porte de la chambre d'Helie Step, découvrant un William Stappel fou de rage.

— Qu'est-ce qui se passe, ici ?

Effrayée, Helie Step recula, hors de la vue du professeur. Higgins s'avança.

— Qu'est-ce qui vous contrarie, professeur ?

— Vous, inspecteur !

— Vous m'en voyez navré.

— Le père Bogrey voulait rester discret, mais je l'ai contraint à parler. Vous avez osé explorer la grotte du Templier sans mon autorisation !

Marlow n'apprécia pas le ton de l'érudit.

— Vous oubliez à qui vous parlez ; aucune parcelle du territoire n'est interdite à Scotland Yard.

— Scotland Yard, Scotland Yard ! Mais de quel droit piétinez-vous un chantier de fouilles interdit au public ?

— Nous enquêtons, monsieur.

— La belle enquête ! Une crise cardiaque et un

squelette de Templier ! À présent, inspecteur, ça suffit. Je n'en supporterai pas davantage. Vos supérieurs entendront parler de moi.

— Je suis à la retraite, précisa Higgins, bonhomme, et c'est moi qui ai exploré la grotte, pas le superintendant Marlow. Ne vous privez surtout pas de m'attaquer ; le patron de Scotland Yard vous en sera sans doute reconnaissant.

Le professeur d'histoire fit marche arrière.

— Bon, bon, j'ai peut-être eu tort de m'emporter... Mais admettez que votre attitude est pour le moins inconvenante.

— Allons discuter ailleurs ; nous importunons Helie Step.

Stappel et les deux policiers sortirent de la chambre de la jeune fille et entrèrent dans celle de l'érudit, aussi austère, et meublée de la même manière.

— Vous plaisez-vous ici, professeur ?

La question de Higgins surprit l'historien.

— Peu importe. J'ai un travail à effectuer, et vous m'en empêchez ! Je devrais être penché sur cette dépouille de Templier et remplir des cahiers de notes scientifiques ! À cause de vous, je me morfonds et je perds mon temps. Quand cette situation absurde va-t-elle cesser ?

— Dès que tout danger sera dissipé.

— Ah non, vous n'allez pas évoquer la malédiction du Templier ! Nous sommes au XXe siècle, inspecteur, entre gens qui ont atteint l'âge de raison !

Bien que l'historien l'irritât au plus haut point, Scott Marlow devait admettre qu'il n'avait pas tout à fait tort.

— La raison est impuissante à percer certains mystères, professeur.

— Ne me parlez surtout pas de cet imposteur de William Stoke ! La communauté scientifique internationale devrait porter plainte contre ce genre d'individu. Si quelqu'un est dangereux ici, c'est bien lui. Ce dément serait bien capable, lors d'une crise de folie, de supprimer ses contradicteurs.

— Vous aurait-il menacé ?

— En effet, cet après-midi même. Une fois de plus, il a tenté de me convaincre qu'il était l'héritier spirituel de l'Ordre du Temple. Inutile de vous dire que je l'ai vertement rabroué. « Je manierai l'épée de justice, a-t-il affirmé, et je vous percerai le corps. »

— J'espère que vous trouverez des alliés pour vous défendre. Antony Alderby, par exemple.

Stappel regarda l'heure sur sa montre de gousset.

— Alderby, un allié... vous vous moquez de moi ! Un vieux bonhomme inefficace et obsédé par les cadavres ! Quand se décidera-t-il donc à prendre enfin une retraite définitive ? Il vient un âge où l'on gêne autrui ; il aurait dû le comprendre depuis longtemps.

— Ne communiez-vous pas dans votre opposition aux Templiers ?

— Je vous en prie, inspecteur ! La démarche

d'Alderby est affective, la mienne scientifique. Elles n'ont aucune commune mesure.

— Serez-vous aussi critique par rapport au père Bogrey ?

— Il souffre d'une tare irrémédiable : appartenir à une église. Quelles que soient ses qualités de savant, je ne le supporte pas. L'érudition exclut toute croyance.

— Fûtes-vous adversaires ?

— Nous ne travaillons pas dans la même discipline et nous ne suivons pas la même carrière. Mais dites-moi, inspecteur... procéderiez-vous à un interrogatoire ? Comptez-vous me demander mon opinion sur Jenny Durham, Helie Step et Eleonora Tuloff ?

— Elle m'intéresserait au plus haut point.

— Je n'ai aucune raison de vous répondre.

— Je ne peux vous y obliger.

Le professeur, de nouveau très calme et vaguement dédaigneux, sentit qu'il avait repris la situation en main. Très sûr de lui, dans son costume trois pièces, il regarda l'heure.

— Nous perdons vraiment beaucoup trop de temps. Si vous tenez à arrêter un spectre de chevalier, faites la tournée des châteaux écossais ; vous ne devriez pas manquer de fantômes !

Higgins tourna quelques pages de son carnet noir.

— Juin 1311, Salisbury... Un souvenir, profes seur ?

— Tenteriez-vous de me coller, comme un vulgaire étudiant ?

— Une date sinistre dans le cadre de l'affaire des Templiers.

— La mémoire n'est qu'un outil secondaire ; en histoire, c'est souvent une faiblesse qui masque le manque d'analyse.

— C'est en juin 1311, à Salisbury, qu'un Templier a avoué tous les crimes dont l'Ordre était accusé. Quelle aubaine pour Philippe le Bel et pour le pape Clément V !

— La vérité a éclaté, voilà tout.

— Le nom de ce Templier, que d'aucuns considèrent comme un traître et un parjure, était Stephen de Stapelbruge.

— C'est exact, je me souviens... Son témoignage fut dûment enregistré et fait partie des pièces essentielles du procès.

— Lui accordez-vous un certain crédit ?

— Un crédit total ! Il s'agit d'aveux en bonne et due forme.

— La trahison serait-elle garante de vérité ?

— C'est vous qui parlez de trahison ! Ce chevalier a éprouvé des remords et a soulagé sa conscience en se confessant. Comme ses congénères, il avait renié le Christ, pratiqué une hérésie et comploté contre le pouvoir. Ce sont les faits, le reste n'est que littérature.

— Son nom ne vous frappe-t-il pas ?

— Stapelbruge et moi Stappel ? Des collègues facétieux me l'ont déjà fait remarquer. Aucun lien familial entre nous ; par curiosité, j'ai vérifié. Les meilleurs généalogistes d'Édimbourg vous confirmeront mes conclusions. Regrettables, à bien des égards ; j'aurais été fier d'un ancêtre comme celui-là. Un homme qui sait prendre ses responsabilités, quelles que soient les circonstances, est digne d'estime.

Un son de cloche emplit le château.

— Le signal du dîner, messieurs. Je passe devant.

CHAPITRE XXVII

Le gardien de la chapelle de Roslin avait préparé un dîner typiquement écossais : des œufs durs en croûte, un pâté de viande, et du *haggis*, l'inimitable panse de brebis farcie.

Antony Alderby contempla le plat avec gourmandise.

— Quelle merveille ! L'art suprême réside dans le choix judicieux des abats de mouton ; ensuite, il faut les hacher très fin, sans nervosité, puis les cuire avec de la graisse de rognon assez ancienne pour qu'elle donne du goût. Certains y ajoutent de la farine d'avoine grillée, mais je me battrais plutôt pour un assaisonnement sans faiblesse. Vient alors le grand moment, celui où l'émotion du cuisinier atteint son paroxysme : l'introduction du plat dans une panse de brebis de première qualité, que l'on met à bouillir. Ah, le fumet exquis !

L'évocation coupa l'appétit d'Eleonora Tuloff.

— Vous auriez pu nous dispenser de ces détails.

— Buvez un coup, ma chère, ça fera glisser.

Alderby versa dans les pintes de la *lamb ale*, une bière écossaise particulièrement appréciée lorsqu'on tondait les moutons.

— Finalement, je ne regrette pas l'intervention de Scotland Yard ! Ce petit séjour forcé dans les Lowlands nous fait le plus grand bien. Nourris, logés, un superbe squelette de Templier à deux pas... que demander de plus ?

— Parlez pour vous, intervint le professeur Stappel, acide. Une campagne de fouilles est limitée dans le temps, et je dispose d'un budget restreint.

— À circonstances exceptionnelles, dispositions exceptionnelles ! jugea Eleonora Tuloff. Ce n'est pas tous les jours qu'un découvreur de Templier décède d'une bizarre crise cardiaque.

— Pourquoi, bizarre ? s'étonna Jenny Durham. Vous n'allez pas souscrire, vous aussi, à cette stupide théorie de la malédiction ?

— Je commence à avoir peur, avoua la photographe.

— Rassurez-vous, recommanda le père Bogrey. Le Seigneur ne nous abandonnera pas.

— Moi, affirma Alderby, j'ai une meilleure solution : ça !

Il posa sur la table, à côté de la panse de brebis farcie, une grande vrille en métal.

— Qu'est-ce que c'est ? demanda la jeune photographe.

— Une tarière ; elle me sert à percer des trous dans les os des squelettes. Si ce Templier dissimule un trésor, nous le trouverons, foi d'Alderby !

Silencieux, Higgins prenait des notes sur son carnet noir. Il dessinait les participants au dîner, précisait leurs traits de caractère, tentait de percevoir la réalité sous l'apparence. Mais la vérité le fuyait, insaisissable. Le danger était là, tout près, sans qu'il parvînt à en préciser les contours. D'où proviendrait l'attaque ? Serait-elle violente ou sournoise ? L'ex-inspecteur-chef pataugeait ; peut-être se trompait-il depuis le début. Peut-être les Templiers avaient-ils déformé ses perceptions au point de lui faire entrevoir un drame, là où il n'y avait que mascarade.

Blanc comme un linge, William Stoke se leva et posa une main ferme sur la tarière.

— Je vous interdis de vous servir de cet engin. Personne ne touchera aux ossements du chevalier Johan Jacobus de Kilwinning. Si vous tentez de les profaner, je vous pourfendrai.

— Il faut sortir du rêve, mon garçon. L'heure est aux analyses scientifiques, pas aux souvenirs nostalgiques et dépassés. Votre Templier nous appartient.

— Détrompez-vous et ne prenez pas mes avertissements à la légère.

Les yeux fiévreux de William Stoke mangeaient son visage épais et lourd. Les énormes lunettes rondes ne cachaient pas le regard furieux, prêt à mordre.

— Calmez-vous, recommanda Scott Marlow ;

quant à cet objet, je le réquisitionne jusqu'à la fin de l'enquête. Nous éviterons ainsi tout incident.

— C'est un abus de pouvoir ! protesta Antony Alderby.

— Simple précaution.

— Je suis hostile à la dégradation de ce squelette, déclara Eleonora Tuloff avec gravité. N'a-t-il pas le droit de reposer en paix ?

— Occupez-vous de photographie, exigea Andrew Stappel, et laissez-nous faire notre métier. L'Histoire a ses exigences que ne doivent pas entraver de stupides considérations humanitaires.

— Intervenez, mon père ! supplia Eleonora Tuloff, émouvante.

— Je suis déchiré entre l'homme de science et le religieux, confessa George Bogrey.

— Choisissez la science, conseilla Andrew Stappel. Et vous, chère Helie Step, pourquoi ne fustigez-vous pas les obscurantistes ?

— Je respecte l'opinion de chacun.

— Vous avez tort ! Si vous tenez à réussir, ne vous écartez pas du chemin de la raison.

— Notre petite Helie n'est que paléographe, précisa Alderby ; elle ne s'occupe que des textes anciens. Moi, je touche aux os, aux crânes, aux...

— Je vous en prie ! le coupa Jenny Durham. Nous sommes à table.

— Vous êtes bien sensible, pour une chimiste.

— C'est ainsi, ne vous en déplaise ; tout le monde ne peut pas avoir un cœur de pierre.

— Ne pourrions-nous trouver une solution satisfaisante pour chacun ? proposa le père Bogrey.

— Vous vous égarez, jugea le professeur Stappel. Compteriez-vous faire des concessions à cet imposteur de néo-Templier ?

— Non, bien sûr, mais...

— La question est tranchée.

— C'est votre existence qui risque d'être tranchée, prophétisa William Stoke, si vous vous acharnez dans vos projets diaboliques.

L'érudit brandit son couteau.

— Vous n'êtes peut-être pas le seul à savoir manier l'arme blanche, Stoke ; si vous m'irritez davantage, vous pourriez bien en pâtir.

— Vos paroles dépassent votre pensée, estima le père Bogrey.

— Qu'en savez-vous ? La présence de cet imposteur est une injure à la science !

— Je ne dînerai plus en votre compagnie, promit William Stoke. Un Templier ne doit pas se compromettre avec un hérétique. Le ciel vous châtiera, soyez-en sûr.

Superbe, malgré sa barbe mal taillée, sa chevelure trop fournie et son double menton, William Stoke sortit de la salle commune. Pour la première fois, Higgins lui trouva de l'allure.

Sans vergogne, Alderby s'empara de la part de *haggis* délaissée par le néo-Templier.

— L'atmosphère devient plus respirable, estima

Andrew Stappel. À présent, inspecteur, clarifions la situation. Quand décréterez-vous la réouverture de la chapelle de Roslin ?

— Je dois accomplir une ultime démarche.

— Demain ?

— Demain soir, vous serez fixés.

— Enfin !

Eleonora Tuloff sourit, songeant aux photographies insolites qu'elle cadrait déjà dans sa tête. Les yeux d'Antony Alderby brillèrent de curiosité. Helie Step orna le bord de ses paupières d'un peu d'eye-liner. Le père Bogrey joignit les mains, recueilli. Jenny Durham desservit la table.

— Buvons un whisky pour fêter cette excellente nouvelle, préconisa le professeur, affichant sa satisfaction.

— Je suis fatiguée, dit Helie Step.

— Jamais d'alcool le soir, révéla Antony Alderby.

D'un hochement de tête, le père Bogrey déclina l'invitation.

— Très mauvais pour le teint, indiqua Eleonora Tuloff ; bonsoir, professeur.

Andrew Stappel se tourna vers les deux policiers.

— Et vous, messieurs ?

— Relire mes notes implique une parfaite lucidité, déplora Higgins.

Scott Marlow fit cause commune avec son collègue.

— Eh bien, tant pis ! Nous ferons la fête plus tard.

CHAPITRE XXVIII

La brume écossaise est l'une des plus poétiques du Royaume-Uni, chargée de fantômes vaillants, d'esprits frondeurs et d'amoureuses éplorées, mais aussi l'une des plus substantielles. Réduisant le regard à néant, elle n'accorde le passage qu'à des êtres de l'autre monde ou à des navigations particulièrement audacieuses.

De la fenêtre de la cuisine, Marlow ne distinguait plus le mur opposé du château. Par bonheur, le bacon était succulent et le café bien fort.

— Comptez-vous vraiment sortir ce matin, Higgins ?

— C'est indispensable.

— Allons-nous loin ?

— Non.

Le superintendant renonça à interroger davantage l'ex-inspecteur-chef qui masquait mal l'inquiétude derrière sa bonhomie habituelle. Concentré sur sa tasse de café, Higgins ressemblait à un tennisman s'apprêtant à jouer une balle de match ou à un champion de saut en hauteur face à une barre.

Antony Alderby, vêtu d'un pantalon de velours et d'une chemise largement ouverte, fit irruption dans la cuisine, presque aussitôt suivi par le père Bogrey.

— Je meurs de faim, dit l'anatomopathologiste. Des œufs brouillés, mon père ?

— Je prépare des toasts.

La bonne odeur attira Eleonora Tuloff, les yeux embrumés, et Helie Step déjà pimpante. Puis apparut Jenny Durham, le chignon serré et le visage fermé.

— Le professeur Stappel ne prendrait-il pas de breakfast ? demanda Higgins.

— Il se lève tard, révéla Alderby, mais il a bon appétit.

Higgins passa la ceinture de son Tielocken dans la boucle en nacre.

— Où allez-vous ? s'enquit Eleonora Tuloff.

— Les exigences de l'enquête, mademoiselle.

— Vous ne comptez quand même pas sortir par ce temps ! s'étonna Alderby.

— Il le faut bien.

— En ce cas, prenez le *drag*.

— La voiture à cheval ?

— C'est lui qui vous conduira ; il connaît bien les chemins.

Scott Marlow se voyait mal installé dans cet antique instrument de locomotion, mais Higgins acquiesça.

Andrew Stappel apparut sur le seuil de la cuisine.

— J'ai mal dormi ; un café fort serait le bienvenu. Sur le départ, inspecteur ?

Antony Alderby éternua. En sortant son mouchoir de poche, il fit tomber une pièce en or qui roula sur le carrelage, sous les yeux stupéfaits de l'assistance.

Helie Step la ramassa.

— Mais... c'est une pièce templière !

Nerveux, Alderby tendit la main.

— Rendez-la-moi.

— Où l'avez-vous trouvée ?

— Rendez-la-moi immédiatement !

Le professeur Stappel s'approcha de la jeune paléographe.

— Laissez-moi voir... on dirait un document authentique. Vous nous aviez caché ça, Alderby !

— Cette pièce m'appartient, ce n'est pas illégal.

L'historien la manipula longuement.

— XIVe siècle, sans aucun doute ; mais quelle commanderie ?

— Je n'en sais rien.

Eleonora Tuloff regarda à son tour.

— Ne serait-ce pas l'or perdu dont on parle tant ? Peut-être M. Alderby a-t-il mis la main sur le trésor des Templiers.

— Extravagant ! Un simple legs familial que je considère comme un porte-bonheur.

D'un geste brusque, Alderby arracha la pièce d'or à l'historien et l'enfouit dans sa poche.

— L'incident est clos. Inspecteur, je vous conduis à l'écurie.

Seul le cheval, en effet, était capable de se repérer dans la brume. D'un sabot assuré, il tira le *drag* sur un sentier étroit. Alors qu'un superbe bouquin, un gros lièvre aux longues oreilles, détalait sur sa gauche, le cheval s'arrêta à un mètre d'une vache écossaise à poils longs, placide et paisible. Une abondante chevelure lui cachait presque les yeux. Les deux quadrupèdes s'étaient reconnus, la vache s'écarta, et le cheval repartit.

— Où allons-nous, Higgins ?

— J'ai demandé au cheval de nous conduire à la ferme du gardien de Roslin ; nous sommes sur la bonne voie.

— J'ai bien fait d'appeler le Yard hier soir ; aujourd'hui, le motard n'aurait pas pu passer.

— Combien de temps pour les résultats d'analyse ?

— Le gant passe en urgence au laboratoire d'Édimbourg ; mais qu'en attendez-vous, Higgins ?

— Laissons parler les faits, mon cher Marlow.

La ferme était noyée dans la brume. Lorsque le cheval stoppa tout près de la porte entrouverte, Higgins appela le propriétaire.

En vain.

— Allons voir.

Marlow et Higgins entrèrent. Une lampe était restée allumée, une fenêtre battait au vent. Le vieux gardien avait dû partir précipitamment.

Sur la table, devant l'âtre, un morceau de pain, du fromage et un verre de bière.

— Il n'a pas terminé son dîner ; on jurerait un enlèvement.

— Il faut le retrouver sans délai.

— Dans ce brouillard ?

— Je vais parler au cheval.

L'ex-inspecteur-chef présenta assiette et couteau aux naseaux de l'équidé. Satisfait, ce dernier hennit. Higgins et Marlow remontèrent dans le véhicule dont les roues grincèrent.

La brume s'était encore épaissie, effaçant la totalité du paysage. Les deux hommes avaient l'impression de se déplacer dans un univers inconnu, sans aucun point de repère. Mais le trajet fut de courte durée. Le cheval s'arrêta devant un *dovecot.*

Laissant son regard s'habituer aux ténèbres blanches, Higgins distingua peu à peu les contours de l'étrange bâtisse, servant autrefois de garde-manger pour de longs mois. Le *dovecot* ressemblait à une sentinelle figée depuis des siècles, insensible à l'usure du temps, à la fois menaçante et intègre.

Scott Marlow frissonna.

— Pourquoi le cheval s'est-il arrêté ici ?

Higgins fit lentement le tour du *dovecot.* Ne discernant aucune entrée, il prit appui sur une grosse pierre et grimpa jusqu'au sommet. Dans le toit, un trou par lequel on introduisait les nourritures. L'ex-inspecteur-chef regarda à l'intérieur et redescendit.

— Qu'avez-vous vu ? demanda Marlow.

— Un cadavre, superintendant.

CHAPITRE XXIX

Plusieurs agents en uniforme ôtèrent les blocs du *dovecot* et en sortirent le cadavre du vieux gardien de la chapelle de Roslin. L'y introduire avait été plus facile que l'en extraire. Le coroner n'eut aucune peine à établir la cause de la mort : strangulation. L'arme du crime se trouvait encore autour du cou de la victime : une cordelette que Higgins examina longuement.

— Je jurerais que cet objet vous est familier, observa Scott Marlow.

— C'est beaucoup dire, superintendant ; mais il est aisé d'identifier la cordelette des Templiers. Elle leur était remise lors de leur réception dans l'Ordre. Après qu'elle eut touché le *Baphomet*, ils en ceignaient leur robe ou la portaient à même la peau. À première vue, celle-ci est très ancienne.

— Pensez-vous à...

— Vérifions.

⁂

Higgins fit procéder à l'ouverture de la chapelle de Roslin, muni des premières photographies prises par Eleonora Tuloff.

Johan Jacobus de Kilwinning reposait dans son cercueil.

— Aucun doute, constata Marlow. Quand la photographie a été prise, le Templier portait bien sa cordelette. À présent, elle a disparu. C'est elle que l'assassin a utilisée. Pourquoi, sinon pour nous faire croire à la malédiction du Templier ?

— Remarquable raisonnement, superintendant.

— Tout était donc prémédité, depuis le début.

— Certainement, mais je ne m'attendais pas à tant de cruauté.

— Pourquoi a-t-on assassiné ce malheureux ?

— Parce qu'il nous avait adressé la parole et que nous désirions le revoir.

— Donc, il en savait trop.

— Peut-être pas, peut-être à son insu ; l'assassin l'a sans doute supprimé pour ne courir aucun risque.

— Un monstre, Higgins, nous avons affaire à un monstre !

— Oui, mon cher Marlow, et de la pire espèce. C'est ce que j'ai pressenti depuis le début ; j'aurais préféré me tromper.

— Que pressentez-vous à présent ?

— Que rien n'est terminé.

— Prévoyez-vous d'autres crimes ?

— Il nous faut répondre à une question, superintendant : pourquoi ces personnalités si diverses sont-elles *réellement* réunies ?

— Mais enfin, Higgins, leur but est clair : étudier un squelette exceptionnel !

— Certes, mon cher Marlow, mais réfléchissez quand même à ma question : de la réponse dépend l'identification de l'assassin.

— Quelle est la vôtre, Higgins ?

— Encore bien incertaine ; il me manque trop d'éléments. Même en étant vigilant, je ne suis pas certain que nous puissions éviter un autre drame.

***

Le brouillard s'était levé, cédant la place à une pluie fine et régulière dont s'abreuvait l'herbe grasse des Lowlands. Le boulingrin du château, au mieux de sa forme, semblait attendre des joueurs de boules, prêts à confronter leurs talents en d'interminables parties d'où les bavards seraient impitoyablement exclus.

Avant de pénétrer dans l'arène, où obtenir la vérité ne serait pas facile, Higgins contempla une fois de plus l'austère château. L'âme de la bâtisse avait été brisée, voilà bien des années ; elle s'érodait doucement, rongée par l'humidité et le manque d'amour. James Esquin l'avait utilisée comme un quartier général, non comme un lieu de repos et de méditation qu'il aurait embelli au fil des années. Les fissures du cœur étaient plus graves que celles de la pierre, et celui de ce château oublié avait presque cessé de battre.

Higgins lui associa le visage du vieux gardien de la chapelle de Roslin ; confiant, il avait commencé à lui parler du propriétaire défunt et s'apprêtait à lui offrir d'autres confidences. Le rude bonhomme était mort sur la terre de ses ancêtres, à l'endroit où il avait toujours vécu, mais d'une mauvaise manière ; son esprit ne connaîtrait pas le repos tant que l'assassin n'aurait pas été identifié. Un démon cruel l'avait pris dans ses filets, un démon à visage humain.

Marlow, mains croisées derrière le dos, respecta le silence de son collègue. Il connaissait l'importance de ces moments où, tel un lutteur, il se préparait à un rude combat. À en juger par la concentration de Higgins, il n'était certes pas gagné d'avance.

— Allons-y, mon cher Marlow.

*
**

Andrew Stappel et Antony Alderby jouaient une féroce partie de bridge contre le père George Bogrey et Helie Step. Personne ne prenait l'avantage ; la première équipe était plus technique, mais la seconde avait de la chance. Remplissant le rôle du mort pour la joute en cours, Alderby observait Jenny Durham. Nerveuse, elle tricotait un cache-nez gris de la même couleur que son pull, sans jamais lever les yeux. La laine grossière s'enfilait sur les aiguilles avec une régularité mécanique.

Eleonora Tuloff se livrait à une autre forme de distraction. Au terme de longues négociations, elle avait convaincu William Stoke de se laisser prendre en photo. N'était-il pas, à sa façon, un monument historique ? D'abord choqué, le néo-Templier s'était rendu aux arguments de la belle photographe. Au fond, il n'avait rien à cacher ; il désirait même tout montrer et prouver la vitalité de l'Ordre du Temple.

Grand manteau de cérémonie, cape blanche à croix rouge, heaume, épée à double tranchant, la Bible sur le cœur, William Stoke avait pris une pose grave et déterminée. Hors de question, bien entendu, d'arborer un sourire niais ou une mine complaisante. Afin d'éviter tout conflit avec le professeur Stappel, la photographe et son modèle s'étaient installés dans le petit hall jouxtant la salle commune.

Lorsque Marlow poussa la porte, un éclair de flash l'éblouit.

— Mes excuses, dit Eleonora Tuloff ; vous risquez d'être sur la photo, derrière M. Stoke.

— Je m'y oppose formellement, mademoiselle.

— Moi aussi ! s'insurgea le néo-Templier. Je ne mêlerai pas l'Ordre à une police corrompue.

Dépité, William Stoke ôta ses vêtements rituels et réapparut en costume profane.

— Inspecteur ! s'exclama Eleonora Tuloff ; venez-vous enfin nous libérer ?

— Je crains que non.

— Je vous laisse, dit le néo-Templier.

— Vous entrez dans la salle d'hôte, ordonna Marlow.

— Je suis quand même libre de mes mouvements !

— Non, monsieur Stoke.

— Pour quelle raison ?

— Meurtre.

— Je ne suis pas concerné. Un Templier ne peut être un assassin.

— Ne discutez pas, intervint Marlow, courroucé.

— Abus de pouvoir caractérisé.

Hautain, Stoke s'exécuta à contrecœur.

Lorsqu'ils aperçurent Higgins et Marlow, les bridgeurs s'interrompirent. Jenny Durham cessa de tricoter.

— Sommes-nous enfin en mesure de travailler ? questionna le professeur Stappel, impérieux.

— Hélas ! non, répondit Higgins.

— Cette fois, inspecteur, notre patience est à bout. Quels que soient vos arguments, nous passerons outre.

— Marcheriez-vous sur un cadavre, professeur ?

CHAPITRE XXX

Un instant ébranlé, Andrew Stappel reprit vite le dessus.

— Encore ce squelette de Templier ?

— Non, professeur. Le cadavre d'un homme assassiné, le vieux gardien de la chapelle de Roslin.

La déclaration de Higgins glaça l'assistance. Andrew Stappel posa ses cartes sur la table de jeu ; ses partenaires l'imitèrent.

— C'est... c'est affreux ! dit Helie Step d'une voix blanche.

— Horrible, approuva Eleonora Tuloff.

— Dieu ait son âme, déclara le père Bogrey ; je prierai pour lui.

— Qui s'occupe de l'autopsie ? demanda Antony Alderby.

— Scotland Yard, répondit Marlow.

— Tant pis. Ce n'est pas un mort célèbre, mais l'étudier m'aurait amusé.

Le cynisme de l'anatomopathologiste révolta Jenny Durham.

— Vous n'avez donc pas de cœur ! Nous parlons d'un homme, pas d'un objet !

Alderby haussa les épaules.

— Mais... pourquoi a-t-il été tué ? demanda William Stoke.

— Il risquait d'être trop bavard.

— À quel propos ? s'enquit Helie Step.

— Voilà le nœud de l'affaire, mademoiselle ; lorsqu'il sera dénoué, l'identité de l'assassin devrait être facile à établir.

— Vos supputations ne nous intéressent pas, déclara le professeur Stappel, acide. Nous sommes des scientifiques, pas des amateurs d'histoire criminelle ; gardez vos mystères pour vous et laissez-nous faire notre travail.

— Je comprends votre point de vue, répliqua Higgins, très calme, mais il se trouve que vous et vos collègues êtes au centre du mystère.

— Qu'est-ce que cela signifie ?

— La victime a été retrouvée tout près d'ici. De plus, ce malheureux gardien vous fournissait la nourriture et avait travaillé au service de James Esquin. On a voulu les faire taire l'un et l'autre, à cause de la découverte du Templier. Où l'assassin se cacherait-il, sinon dans cette pièce ?

— C'est complètement insensé ! s'exclama Jenny Durham. Vous nous traitez comme de vulgaires gredins !

— Deux hommes sont morts, rappela Higgins avec gravité, et vous êtes tous suspects. Personne ne quittera ce château avant la fin de l'enquête.

— N'outrepassez-vous pas vos pouvoirs ? s'enquit le père Bogrey.

— Je veux la vérité.

— L'inspecteur a raison, acquiesça Eleonora Tuloff. Si un criminel est bien présent parmi nous, nous sommes tous en danger. Aidons-le à l'identifier, nous sauverons notre propre existence !

— Supposez que l'inspecteur se trompe, avança Helie Step ; nous aurons créé, sans raison, un épouvantable climat entre nous ! Qui pourra respirer dans une pareille atmosphère de suspicion ?

— Tout cela est grotesque, décréta le professeur Stappel. Je fais mes bagages et je m'en vais.

— Vous devriez plutôt nous aider, estima Higgins ; si vous êtes innocent, qu'avez-vous à craindre ?

— Chacun son métier.

— Acceptons de coopérer, suggéra Bogrey ; cela vaudra mieux pour tout le monde.

— Connaît-on l'arme du crime ? demanda Antony Alderby.

— La cordelette de Johan Jacobus de Kilwinning, révéla Higgins.

— C'est impossible ! s'exclama Helie Step.

— Pourquoi, mademoiselle ?

— Il faut être dément ou pervers pour profaner un mort et utiliser un tel vestige comme une arme !

— C'est pourtant ainsi. Quand êtes-vous sortie du château pour la dernière fois ?

— Je n'ai pas pris l'air depuis deux jours... l'étude de manuscrits, quelques discussions scientifiques, pas mal de sommeil, le plus clair de mon temps dans ma chambre. Cette semi-réclusion m'est familière, elle ne me change guère de mes recherches en bibliothèque.

— Et vous, professeur Stappel ? interrogea Higgins.

— Même réponse que Mlle Step.

— En ce qui me concerne, j'y ajouterai la prière, intervint le père Bogrey.

— Moi, je m'ennuyais férocement ! avoua Eleonora Tuloff ; si je n'avais pas convaincu M. Stoke de me servir de modèle, j'aurais volontiers couru la campagne !

Higgins se tourna vers le néo-Templier.

— Ne fut-ce pas votre cas ?

— Exact, jusqu'aux sollicitations de Mlle Tuloff. J'aime déclamer d'antiques poèmes chevaleresques face aux collines d'Écosse, dans cette nature sauvage et préservée. Est-il cadre plus grandiose pour célébrer un idéal éternel ?

— Avez-vous remarqué un fait étrange, un personnage insolite, un détail bizarre ?

— Lorsque je déclame, je ferme les yeux. Vous pouvez me croire : je n'ai rien vu.

— Vous pouvez me croire également, intervint Antony Alderby ; je n'ai pas bougé d'ici, même si l'envie ne m'en manquait pas. Je ne supporte pas le brouillard.

— Auriez-vous les bronches fragiles ?

— Certes non, mais je n'aime pas avoir la vue bouchée ! On se perd facilement, dans ce linceul mou. La prudence impose de ne pas bouger.

Jenny Durham se tassa dans son coin. Elle redoutait que Higgins ne s'adressât à elle et n'évoquât devant tous le spectacle auquel il avait assisté ; quand le regard de l'ex-inspecteur-chef se posa sur sa nuque, elle le sentit.

— Oui, je suis sortie du château, mais je n'ai rien remarqué de suspect.

Higgins n'insista pas ; le père Bogrey ne fit aucun commentaire. La chimiste contint un soupir de soulagement.

— L'un d'entre vous a-t-il parlé plus ou moins longuement avec la victime ? demanda Higgins.

— Il ne disait rien, répondit le professeur Stappel.

— Borné, têtu, fermé et tout à fait inintéressant, renchérit Antony Alderby. Si quelqu'un a recueilli quelques paroles, c'est Jenny, puisqu'elle l'accompagnait à la cuisine.

— Je le reconnais volontiers, admit la chimiste, pincée ; il se contentait de « bonjour » et « au revoir ».

— Vraiment rien d'autre ? insista Higgins.

— Vraiment rien ; nous n'étions pas du même monde. Quels propos aurions-nous pu échanger ? Il restait à sa place, moi à la mienne.

— Mais j'y pense ! dit Helie Step, nerveuse, si la cordelette du Templier est l'arme du crime, quelqu'un est entré dans l'église et l'a volée !

— Conclusion inévitable, reconnut Higgins.

— Antony Alderby possédait encore une clé de la chapelle, révéla le professeur Stappel.

Tous les regards convergèrent vers l'anatomopathologiste.

— C'est bien possible, marmonna-t-il.

— Pouvez-vous me la montrer ? demanda Higgins.

— Euh... non. Je l'ai perdue. En réalité, on me l'a volée, mais je viens de m'en apercevoir.

— Ça ne tient pas debout ! estima le professeur. Êtes-vous entré dans la chapelle et avez-vous dérobé la cordelette ?

— Bien sûr que non !

— Ne mentez pas, mon fils, recommanda le père Bogrey ; il existe certainement une explication.

— On m'a volé cette clé, répéta Antony Alderby ; pourquoi aurais-je dérobé cette cordelette et étranglé ce paysan écossais ?

— Qui vous a parlé d'étranglement ? interrogea Higgins.

— Mais... c'est évident ! Comment tuer autrement, avec une cordelette ?

Scott Marlow s'approcha du savant.

— Ne vaudrait-il pas mieux avouer, monsieur Alderby ?

CHAPITRE XXXI

Antony Alderby explosa.

— Cette accusation est grotesque ! Vous n'avez aucune preuve, aucun commencement de preuve, et vous n'hésitez pas à proférer de terribles paroles ! C'est indigne de Scotland Yard !

Le poing vengeur du savant n'impressionna pas Scott Marlow.

— J'ai entendu des dizaines de protestations comme celle-là, monsieur Alderby. La vérité déclenche fréquemment ce genre de réaction.

— La vérité, je vous l'ai dite ! On m'a volé cette clé... l'assassin s'en est emparé pour pénétrer dans l'église pendant la nuit et voler la cordelette. Grâce au brouillard, il n'a eu aucune peine à tromper la vigilance du policier qui monte la garde ; il ne sera resté que quelques instants à l'intérieur de la chapelle et sera revenu au château sans être aperçu de quiconque.

— Un peu trop facile, critiqua Andrew Stappel.

Votre reconstitution repose sur l'hypothèse du vol ; pourquoi devrions-nous l'accepter ?

— Parce que je suis un honnête homme !

— Passer sa vie à percer des trous dans les os des squelettes, persifla Eleonora Tuloff, est-ce bien une activité d'honnête homme ?

— Vos photographies sont-elles toujours honnêtes, mademoiselle ?

La blonde aux cheveux courts, dont le chemisier noir était un peu trop échancré aux yeux de Marlow, se planta devant Antony Alderby.

— Qu'insinuez-vous exactement ?

— Quel rôle comptez-vous faire jouer à ce pauvre fou de Stoke ? Un pion sur votre échiquier, rien de plus ! Le scandale, voilà ce qui vous intéresse. Quelques cadavres agrémentent le décor, n'est-ce pas ? Nous allons voir paraître un superbe article dans une feuille à scandale que dévoreront des milliers d'ignares !

Eleonora Tuloff fusilla Alderby du regard.

— Pauvre type ! Vous méprisez ce qui ne fait pas partie de votre monde, et il est si étroit !

Alderby sourit.

— Si quelqu'un a le sens de l'observation, c'est bien une photographe. Vous avez peut-être fixé la tête de l'assassin sur la pellicule. Qu'en pensez-vous, inspecteur Higgins ?

— Personne ne touchera à mon matériel ! promit Eleonora Tuloff. Si vous tentez de monter une machination contre moi, vous vous en repentirez.

— Je suis obligé de classer vos pellicules comme pièces à conviction, indiqua Marlow. Peut-être, à votre insu, avez-vous...

— Non ! Je vous jure que non !

— Nous verrons plus tard, dit Higgins, conciliant.

— Je sais une seule chose, révéla la photographe. Jenny Durham est sortie du château avec un curieux sac et s'est dissimulée dans un vallon, près d'ici ; si je n'avais pas eu peur, je l'aurais bien suivie.

— Rassurez-vous, intervint le père Bogrey, je suis au courant ; soyez certaine que Mlle Durham n'a commis aucun acte répréhensible, et qu'elle n'a offensé ni la religion ni la morale.

— Pourrions-nous en savoir davantage ? interrogea le professeur Stappel.

— Inutile, mon cher collègue.

— Est-ce l'avis de Scotland Yard ?

À la surprise de l'historien, Higgins opina du chef.

— On fait bien des mystères, ici ! Les uns détiennent des informations, les autres non ; à quoi rime ce petit jeu ?

— À quoi rime le vôtre ? demanda Helie Step, narquoise.

Stupéfait, Andrew Stappel se tourna vers la jeune paléographe, ravissante dans sa veste cintrée sans col en soie brodée. De ses mains gantées de noir, elle caressait les perles de son collier d'ambre.

— Que signifie cette question, mademoiselle ?

Helie Step regarda au plafond.

— Ai-je posé une question ? Je ne m'en souviens plus.

— Vous moqueriez-vous de moi ? Je n'apprécie guère ce genre de plaisanterie.

— Cet homme est mauvais, foncièrement mauvais ! déclara William Stoke, enfiévré. Il nourrit un plan satanique contre les Templiers, voilà la vérité ! Ses ancêtres ont tué mes ancêtres, il a assassiné James Esquin et le gardien de la chapelle.

Eleonora Tuloff parut troublée.

— Dans quelle intention ?

— Je cherche, je cherche désespérément...

— Si nous prenions le relais ? proposa Higgins.

— Je n'ai pas confiance en vous ; la police est au service des athées et des nantis.

Scott Marlow s'empourpra.

— Vous connaissez bien mal le Yard, et plus mal encore l'inspecteur Higgins et moi-même. Si vous détenez un élément concret contre le professeur Stappel, parlez.

Le néo-Templier serra les poings.

— Si j'avais une preuve, une petite preuve...

— Ne feriez-vous pas un bel assassin, Templier d'opérette ? ironisa le professeur Stappel. Les fous de votre espèce sont capables des crimes les plus abjects et les plus inattendus.

William Stoke se jeta sur le professeur et tenta de l'étrangler.

— Sois damné ! Que la vengeance du Templier te conduise en enfer !

D'une poigne puissante, Scott Marlow tira William Stoke en arrière et libéra l'historien.

— Si vous recommencez, prévint-il, je vous passe les menottes et je vous enferme dans votre chambre.

Andrew Stappel se tâta la gorge.

— Avez-vous enfin compris ? La manière dont il a tenté de me tuer est hautement significative !

— Le Templier se vengera ! prophétisa Stoke, en rechaussant ses énormes lunettes.

— Si le Yard est une police sérieuse, elle doit interner immédiatement ce fou furieux.

— Laissez-m'en juge, dit Higgins.

— Cet attentat ne vous suffit-il pas ?

— Je vous suggère de dîner et de vous retirer dans vos chambres. Demain, nous serons en possession de certaines informations qui nous aideront sans doute à y voir plus clair.

— Demain, toujours demain !

— Un historien ne devrait-il pas être patient ?

CHAPITRE XXXII

Higgins s'était contenté de quatre heures de sommeil profond afin de recouvrer l'énergie indispensable à la poursuite de l'enquête. Ablutions et toilette matinale terminées, il avait préparé un café et des toasts auxquels le solide appétit du superintendant avait fait honneur.

Dès les premières heures de la matinée, plusieurs policiers en uniforme, convoqués par Marlow, prirent position dans le château. Le coroner donna ses conclusions à 8 h 30.

— Le gardien a été étranglé ; il n'a opposé qu'une faible résistance. Celle-ci est sans doute due à la qualité incroyable de la cordelette ; malgré son âge, environ six cents ans, elle est dure comme de l'acier.

— L'heure de la mort ? demanda Higgins.

— Au milieu de la nuit. Désirez-vous que je fasse appel à Babkocks ?

— Ce ne sera pas nécessaire.

— L'arme du crime est tellement extraordinaire qu'elle mérite de finir au musée du Yard.

— Elle appartenait à un Templier et devra lui être restituée.

— Inspecteur ! Vous n'allez quand même pas croire à une quelconque malédiction ?

— Sommes-nous capables de tout comprendre ?

— Mon collègue plaisante, intervint Marlow, redoutant que Higgins ne s'égarât dans un mysticisme de mauvais aloi.

Le coroner parut contrarié.

— Remarquez, superintendant, certaines malédictions ne peuvent être niées, surtout quand il s'agit de Templiers. Même ceux qui ne croient pas au surnaturel furent bien obligés de reconnaître certains faits.

— Fabulations, estima Marlow.

— Dans cette région, continua le coroner, on ne s'étonne plus de rien depuis longtemps. Vous m'apprendriez que le squelette s'est vengé de son découvreur, puis du gardien de la chapelle, que je n'en serais pas tout à fait surpris.

Le coroner parti, Higgins servit un café au superintendant, un peu désorienté. La police scientifique avait beaucoup de terrain à conquérir.

La matinée s'annonçait splendide ; un fort vent d'Ouest avait chassé les nuages, le soleil faisait scintiller la verdeur des collines, d'où naissait une paix profonde. Quelques instants, Higgins eut envie de partir à l'aventure sur des chemins inconnus en goûtant l'air léger des Lowlands. Mais le visage du vieux gardien l'obsédait ; il ne connaîtrait pas de répit avant d'avoir identifié l'assassin.

Précédée d'un motard, une voiture de police s'arrêta devant l'entrée du château. En descendit le chef du laboratoire de police scientifique d'Édimbourg, un homme austère d'une cinquantaine d'années ressemblant à Cromwell. Un rapport à la main, il traversa le boulingrin à grandes enjambées.

— Superintendant Marlow ?

— Lui-même. Je vous présente l'inspecteur Higgins.

— Beaucoup entendu parler de vous, félicitations. De mon côté, je n'ai pas mal travaillé non plus. Un drôle d'objet, votre gant noir ! Qui a-t-il tué ?

— Nous avons un étranglement, précisa Marlow, mais avec une cordelette.

— Qui vous parle de ça ? Ce gant est enduit d'un poison végétal utilisé en dilution pour la fabrication de certains médicaments destinés aux cardiaques. Action relativement lente, mais efficace ; il y a bien de quoi tuer un adulte corpulent. Drôles de manières !

— Ce n'est pas une innovation, indiqua Higgins ; Jeanne d'Albret avait déjà utilisé des gants empoisonnés.

— À se demander si le progrès existe ! À bientôt, messieurs.

⁂

— Incompréhensible, jugea Marlow. Pourquoi avoir caché ce gant empoisonné dans la grotte où reposait la dépouille du Templier ?

— Quelqu'un avait sans doute l'intention de venir le chercher.

— Pourquoi ne nommez-vous pas Helie Step, Higgins ?

— Je n'oublie pas que ce gant lui appartient.

— Une conclusion trop logique vous effraierait-elle ? Elle seule, parmi les suspects, porte des gants ; elle seule pouvait donc l'utiliser. Je me demande si la bactérie tueuse est bien la cause de la mort de James Esquin ; Helie Step ne lui aurait-elle pas serré la main avec un autre gant empoisonné ?

— J'exclus cette solution à cause du rapport de Babkocks. La bactérie et la cordelette ont tué, pas le gant.

— Reste une solution : un autre meurtre était en préparation. Et cette hypothèse, plutôt convaincante vous l'avouerez, repose le problème de la culpabilité d'Helie Step.

— Difficile de vous contredire.

— Serait-ce prématuré de l'arrêter ?

— Quel serait son mobile ?

Marlow ne cacha pas sa contrariété.

— Voilà la pierre d'achoppement ; je suis incapable de répondre à cette question. Pourtant, si nous avons raison, nous pourrions l'empêcher de commettre un nouveau meurtre.

— Ou bien d'être une victime.

— Admettez que ce gant empoisonné ne plaide pas en sa faveur.

Higgins compléta une page de son carnet noir.

— Quelque chose ne cadre pas.

Marlow redoutait toujours que les fameuses intuitions de Higgins ne l'entraînassent sur de fausses pistes ou dans des culs-de-sac d'où il refuserait de sortir. Cette fois, il le soumettait à un raisonnement sans faille et avait l'impression d'avoir touché au but, même si l'ex-inspecteur-chef refusait encore de le reconnaître.

— Personne ne nie le charme et la beauté de cette jeune femme, poursuivit Marlow, mais le diable ne revêt-il pas parfois un visage d'ange ?

— Il ne nous facilite pas la tâche, en effet. Je vous propose d'exercer une surveillance sur Helie Step ; si elle a décidé de commettre un nouveau crime, elle ne renoncera pas et sera obligée de se dévoiler, d'une manière ou d'une autre.

— Comptez sur moi, bien que je vous sente réticent.

— Je suis inquiet, mon cher Marlow ; j'ai l'impression que nous ne sommes pas capables d'enrayer cette mécanique infernale, parce que nous ne comprenons pas sa raison d'être. Pourtant...

— Pourtant ?

— Beaucoup d'indices me paraissent converger vers un même suspect.

— Pourquoi ne pas l'interroger sur-le-champ ?

CHAPITRE XXXIII

La fenêtre de la chambre de Jenny Durham donnait sur le boulingrin, inondé de soleil. Redoutant la clarté trop vive, la vieille fille avait tiré les rideaux, maintenant la pièce dans une pénombre qui lui convenait pour tricoter mécaniquement, sans regarder son ouvrage. Bien que la chambre fût à peu près identique aux autres, elle semblait plus pauvre et plus terne. Il y régnait ordre et propreté.

Jenny Durham avait d'abord refusé d'ouvrir, puis s'était laissé convaincre par le ton conciliant et paternel de l'ex-inspecteur-chef. Assise près de la fenêtre, elle baissait les yeux, sanglée dans son tailleur gris, les cheveux pris dans un parfait chignon. Chaque détail de son visage, pris séparément, n'offrait rien de désagréable ; mais l'ensemble affichait un caractère revêche, telle une carapace destinée à repousser autrui.

Marlow ne parvenait pas à trancher entre pitié et antipathie. Il ne croyait guère à la culpabilité de la vieille fille, mais était persuadé qu'elle cachait une partie de la vérité, craignant d'être impliquée dans une affaire qui la dépassait.

Higgins ouvrit son carnet noir et relut lentement les pages consacrées à Jenny Durham. Le rythme du tricotage s'accéléra de manière sensible.

— Avez-vous bien réfléchi, mademoiselle ?

— À quoi, inspecteur ?

— À vos liens avec Antoine de Durham, chapelain du roi d'Angleterre, allié du pape et ennemi des Templiers ?

— Il doit reposer en paix au paradis, sous la protection de Dieu.

— Vous-même ne me semblez guère sereine.

La vieille fille se raidit, interrompant son ouvrage.

— Je n'ai aucun compte à vous rendre ; Dieu lit en moi et déchiffre ma conscience.

— Est-elle si tranquille ?

— Ce n'est pas à vous d'en juger ; seul le Créateur sait vraiment qui nous sommes.

— Sans m'identifier à Lui, je pense avoir percé quelques-uns de vos mystères.

Les aiguilles reprirent leur va-et-vient.

— En temps normal, reprit Higgins, ces dissimulations n'auraient été que péchés véniels ; mais nous devons identifier un assassin, et le moindre détail compte.

— Vous savez fort bien que je ne suis nullement impliquée dans cette affaire.

— Dans *ces* affaires, voulez-vous dire : trois hommes sont morts.

— Leurs décès n'ont rien de comparable !

— Ils ont sans doute un point commun.

— Lequel ?

— Vous, mademoiselle.

— Moi ? Mais comment...

— Vous haïssez les Templiers, car le pays les a haïs, et le pape ne peut se tromper. Utiliser le squelette de Johan Jacobus de Kilwinning comme arme d'un crime nécessitait quelques connaissances chimiques. Or, vous êtes chimiste.

— Ridicule ! Je n'avais aucune raison de supprimer James Esquin !

— Bien sûr que si. En ramenant ce Templier à la lumière, c'est tout l'Ordre du Temple qu'il ressuscitait. Études, articles, émissions, nouvelles recherches... Il fallait l'empêcher de nuire davantage.

— Oseriez-vous m'accuser du meurtre du vieux gardien ?

— Il procède de la même logique criminelle. Cette cordelette, qui avait rituellement touché le *Baphomet*, la tête satanique adorée des Templiers, devenait une arme vengeresse. Une seconde fois, vous cautionnez la malédiction en manipulant Johan Jacobus de Kilwinning, bien incapable de vous dénoncer. Quel magnifique message, à vos yeux : la cordelette sacrilège volée à un impie pour perpétrer un crime !

— Le vieux gardien n'était pas un Templier.

— Et vous, mademoiselle, êtes-vous vraiment chimiste ?

Jenny Durham laissa tomber ses aiguilles à tricoter.

— Comment... comment osez-vous...

— Un dernier indice semblait vous accuser de manière définitive : la présence d'un poison sur un gant, lui aussi en rapport avec le Temple, puisque découvert dans la grotte où reposait le chevalier de Kilwinning. Mais un détail me fait encore douter : votre incompétence.

— Je ne vous permets pas, inspecteur !

— Elle semble vous innocenter, mademoiselle.

— Je m'en moque, je...

— Des témoignages m'ont troublé. Le père Bogrey, quoique mesuré dans ses propos, m'a laissé entendre que vous ne vous imposiez pas dans votre spécialité comme les autres membres de l'équipe ; Antony Alderby fut beaucoup plus direct. D'après lui, vous ne méritez même pas d'y figurer. Votre présence, dans quantité de missions officielles, ne serait due qu'à un privilège tout à fait abusif.

— Mensonges et calomnies !

— Vous savez bien que non.

— Ma notoriété...

— Citez-moi vos publications scientifiques récentes.

La vieille fille ferma les yeux.

— Je... je n'ai pas eu le temps, j'avais...

— Bien d'autres chimistes auraient dû occuper votre poste, pendant cette campagne de fouilles. Comment vous y prenez-vous, mademoiselle ?

De toutes ses forces, Jenny Durham serra sa pelote de laine.

— Je... On me fait confiance. Mon expérience...

— Sans être particulièrement critique à votre égard, Helie Step a noté que vous étiez d'un tempérament jaloux et que vous n'appréciez guère la présence d'autres femmes.

— Absurde !

— Un seul homme a la capacité d'imposer les personnes de son choix sur un chantier. Vous en êtes consciente, Mlle Durham.

— Ça ne m'intéresse pas.

— Seul le professeur Stappel peut agir ainsi en toute impunité ; là où il va, vous allez. Pourquoi ?

Les yeux inexpressifs de la chimiste se tournèrent vers la fenêtre.

— Cessez de me torturer et sortez d'ici.

CHAPITRE XXXIV

En bras de chemise, le professeur Stappel s'exerçait à faire rouler une grosse boule en bois sur le gazon du boulingrin. Un franc soleil continuait à briller.

— Vous avez la main, nota Higgins.

— J'ai trouvé cette boule sous mon armoire. XVe siècle, probablement ; ce terrain de jeu doit être l'un des plus anciens d'Écosse. Voici un sujet d'article inattendu ! Voulez-vous essayer ?

— Plus tard, professeur ; j'aimerais aborder avec vous quelques points délicats.

— Ici, nous sommes tranquilles pour parler.

Scott Marlow, comme promis, se chargeait de la surveillance étroite d'Helie Step. Après avoir pris un petit déjeuner fort tardif, la jeune paléographe était remontée dans sa chambre. Rassuré de ce côté-là, Higgins entreprenait une tâche des plus délicates.

— Je vous écoute, inspecteur.

Andrew Stappel ramassa la boule, et l'essuya

pouce par pouce avec son mouchoir afin d'ôter les parcelles d'herbe.

— Vous n'êtes pas un personnage commode, professeur.

— Dans votre bouche, un adjectif comme celui-là doit cacher bien des reproches. J'ai l'habitude d'observer, et j'ai perçu la manière dont vous travaillez. Vous tournez autour des êtres, vous décrivez une sorte de spirale ; on vous croit loin, et vous êtes tout près. Jamais vous ne lâchez prise ; puisque vous me considérez comme suspect, allez droit au but. Nous gagnerons du temps, vous et moi.

Le professeur et l'ex-inspecteur-chef marchèrent de long en large sur le boulingrin, très lentement.

— Vous vous doutez que votre réputation est plutôt exécrable.

— Tiens donc ! Qui me déteste ?

— Antony Alderby vous considère comme un grand savant, mais déplore la brutalité que vous manifestez pour mener à bien votre carrière.

— Qui agit autrement ? Les postes universitaires sont très convoités ; si la science et la compétence suffisaient, ça se saurait ! Il faut jouer des coudes et écraser quelques pieds.

— Eleonora Tuloff est beaucoup plus sévère ; elle vous considère comme un arriviste hypocrite, sans foi ni loi, d'une nature bestiale, décidé à tout sacrifier pour obtenir le pouvoir.

— Pour être franc, l'opinion d'une photographe, fût-elle douée, m'indiffère.

— N'est-elle pas une excellente observatrice ?

— Elle ne connaît rien aux exigences de la vie universitaire.

— Le jugement d'Helie Step retiendra sans doute votre attention. Elle aussi vous décrit comme un dragon redoutable et impitoyable.

— Cette petite Helie est très ambitieuse ; son brillant début de carrière lui a tourné la tête. Elle se voyait déjà à ma place ! Comme j'apprécie son talent, qui est rare, nous avons conclu un accord de non-belligérance. Elle aura bien l'occasion de grimper dans la hiérarchie et, si elle ne me gêne pas, je ne lui mettrai pas de bâtons dans les roues. À présent, vous savez tout. Êtes-vous satisfait ?

— Je m'attendais à une défense habile et je ne suis pas déçu ; William Stoke ne vous présente-t-il pas comme une réincarnation du grand inquisiteur, c'est-à-dire d'un personnage diaboliquement habile ?

— Ce type de plaisanterie ne m'amuse pas et n'est pas digne de vous, inspecteur. Vous savez fort bien que Stoke est un malade mental. Si vous le laissez en liberté, c'est sans doute pour qu'il joue un rôle de perturbateur et fasse réagir les uns et les autres. N'est-ce pas cynique et cruel ?

— Sa réalité n'est pas la vôtre, même si vous la niez. Il existe d'autres réalités que vous refusez ; le mariage, par exemple.

— Vous intéresseriez-vous à ma vie privée ?

— Alderby estime que votre seule maîtresse est

l'Histoire, et que vous n'avez pas le temps de vous occuper d'une femme et d'une famille.

— Il a raison.

— Non, il se trompe. L'intuition d'Eleonora Tuloff est beaucoup plus juste ; elle suppose, à juste titre, que des êtres ont souffert à cause de votre ambition implacable.

— Romantisme niais.

— Que pensez-vous des femmes, professeur ?

— Sans intérêt.

— Même lorsque l'une d'elles vous fait chanter ?

Andrew Stappel s'arrêta, interloqué.

— Qui vous a raconté cette ineptie ?

— Jenny Durham n'est pas une chimiste de premier plan ; elle est présente sur ce chantier et vous suit partout où vous travaillez.

— Coïncidence.

— Cette fois, professeur, votre défense est bien faible. Il est clair que vous profitez de votre position pour imposer Mlle Durham à la place d'une autre spécialiste ; comme je ne crois guère à votre bonté d'âme, j'en conclus que vous avez commis une faute suffisamment grave à son encontre pour qu'elle vous oblige à lui obéir.

Andrew Stappel recommença à marcher sur un rythme très lent.

— Vous m'étonnez, inspecteur ; vos facultés de déduction sont dignes d'un universitaire de qualité. Auriez-vous fréquenté Oxford ?

— Cambridge.

— Nous sommes destinés à nous affronter. Quelles disciplines ?

— Si nous restions sur votre honorable personne ? Vous admettez donc ma reconstitution des faits.

— Il le faut bien, puisque vous auriez réussi à faire parler Jenny, si ce n'est déjà fait ; elle est incapable de vous résister.

— Elle fut votre maîtresse, n'est-ce pas ?

— Une seule fois, inspecteur. Un moment d'égarement que je regretterai ma vie durant ; aujourd'hui encore, je me demande de quel démon je fus victime ! Cette pauvre Jenny n'est pas une grande séductrice et, pourtant, je suis tombé dans ses filets. Quand je repris conscience, il était trop tard ! Nous avions sauté le pas, elle et moi.

— Elle vous a demandé de l'épouser.

— Bien entendu.

— Et vous avez refusé.

— Bien entendu ! Par bonheur, elle n'était pas enceinte.

— De quoi vous a-t-elle menacé ?

— De révéler notre liaison à l'université entière, en précisant le jour et le lieu où elle s'est concrétisée, à savoir dans un amphithéâtre à la fin d'un cours. Le scandale m'aurait contraint à démissionner, c'est certain ; j'ai réussi à la persuader de différer le mariage, tant que je ne serais pas hors de portée de mes adversaires politiques. Lorsque j'occuperai le poste de recteur, ma liberté de manœuvre sera plus grande.

— Raisonnement tortueux.

— Elle l'a admis, à condition de m'accompagner sur tous les chantiers de fouille où je serai obligé de résider un temps certain.

— Par jalousie ?

— En effet ; je n'ai pas le droit de m'approcher d'une autre femme.

— Ne vous enferme-t-elle pas dans une prison insupportable ?

— Il existe bien des occasions d'en sortir.

— Jenny Durham attend donc votre consentement pour devenir enfin Mme Stappel.

— Elle ne se fait guère d'illusions, mais cette espérance lui donne une raison de vivre.

CHAPITRE XXXV

Les premiers nuages vinrent de l'Ouest. D'abord petits, ronds et blancs, ils devinrent vite énormes, allongés et gris. Le triste château où avait vécu James Esquin reprit son allure habituelle, inquiétante et désespérante ; campé sur sa butte usée, tentant en vain de charmer un peu le regard par ses deux tourelles rondes, la bâtisse préférait se cacher dans le brouillard.

Pendant que le professeur Stappel remontait dans sa chambre, Eleonora Tuloff, visiblement bouleversée, aborda Higgins.

— Inspecteur ! Voici ce que je viens de découvrir dans ma chambre, sous la lampe de chevet.

Elle tendit à Higgins une enveloppe portant la mention : *Pour l'inspecteur Higgins.*

— Curieuse écriture : uniquement des majuscules, penchées vers l'arrière.

— Si vous voulez mon avis, dit la photographe, elle est contournée.

— Seriez-vous un peu graphologue ?

— Cette discipline me passionne, en effet.

— Homme ou femme ?

— Impossible à dire ; le scripteur est particulièrement habile.

— Avez-vous ouvert l'enveloppe ?

Les grands yeux verts en amande de la belle photographe se firent doucereux.

— Je n'aurais pas dû, je sais... mais comment résister à la curiosité ?

— Quel est le message ?

— *Fouillez la chambre de Bogrey.*

Higgins consulta le texte ; Eleonora Tuloff n'avait pas omis un seul mot.

— Qu'est-ce que ça veut dire, inspecteur ?

— L'intention me paraît simple.

— Allez-vous... fouiller ?

— Que feriez-vous à ma place ?

— Une dénonciation, c'est fort ennuyeux... mais tous ces meurtres ! Vous ne pouvez laisser passer une occasion d'élucider l'énigme.

***

— Entrez, dit le père Bogrey.

Higgins poussa la porte de la chambre. Le religieux lisait la Bible, près de la fenêtre, profitant d'une clarté de plus en plus parcimonieuse.

— Votre enquête avance-t-elle, inspecteur ?

— Pas à pas, mon père, et beaucoup moins vite que je le souhaite.

— Vous avez un métier bien difficile.

— En certaines circonstances.

— L'obtention de la vérité doit vous récompenser de bien des efforts.

— Elle est parfois bien fuyante, mais comment oublier l'âme des victimes ? Après la souffrance, elles ont droit à la paix.

— Vos paroles me surprennent ; qu'un policier les prononce est plutôt étonnant. Le destin éternel des âmes, c'est mon domaine.

— Pardonnez-moi d'empiéter sur vos terres.

— Nous ne serons pas trop de deux, inspecteur.

— Vous êtes un personnage rare, mon père ; outre votre vocation, une telle compétence en matière d'histoire des religions n'est pas monnaie courante.

— Un travail régulier, des années de recherche patiente, la volonté de comprendre les formes religieuses, un intérêt de longue date pour les courants de pensée de notre Moyen Âge : voilà mes pauvres secrets.

— Savez-vous que Jenny Durham vous juge trop conciliant avec les Templiers ?

— Je crois que Mlle Durham est une bonne chrétienne et qu'elle manifeste une intransigeance certaine envers les hérésies ; comment le lui reprocher ? Un peu de science éloigne de Dieu, beaucoup de science en rapproche ; c'est pourquoi je travaille avec rigueur. Personne ne peut démontrer scientifiquement que les Templiers ont sombré dans l'athéisme.

— Le professeur Stappel estime que votre foi est incompatible avec la recherche scientifique.

— N'est-ce pas un avis trop sectaire ? Je pourrais lui reprocher son carriérisme, mais à quoi serviraient des débats stériles ? Lui comme moi cherchons la vérité historique.

Higgins sortit une enveloppe de sa poche.

— Je suis dans l'embarras, mon père.

— Puis-je vous aider ?

— Je viens de recevoir une lettre anonyme vous concernant.

— Que dit-elle ?

— Elle me demande de fouiller votre chambre.

— Qui cherche à me nuire ?

— Je l'ignore.

— Eh bien, faites votre devoir ; ma chambre est à votre disposition.

— Acceptez-vous de me seconder ?

— Ne m'en demandez pas trop, inspecteur.

— Merci de votre compréhension ; j'agirai avec discrétion, au moment qui vous importunera le moins.

— Tout de suite.

Higgins n'avait pas un grand espace à explorer. Il ouvrit l'armoire, souleva les rideaux et s'agenouilla pour regarder sous le lit. Il en retira un paquet tout en longueur.

— Ceci vous appartient-il ?

— Non, inspecteur. Je n'ai pas l'habitude de cacher quoi que ce soit sous mon lit.

— Puis-je ôter le papier d'emballage ?

— Je vous en prie.

Higgins fit apparaître une robe blanche marquée d'une croix rouge. Le père Bogrey ouvrit des yeux étonnés.

— Mais de quoi s'agit-il ?

— À l'évidence, d'une robe de Templier.

— Une robe de Templier, dans ma chambre, sous mon lit... Invraisemblable !

— Aucune explication ?

— Aucune, vraiment aucune...

— Il me vient une idée.

— Laquelle ?

— Supposons que ce vêtement vous appartienne.

— Je ne vous suis pas, inspecteur.

— C'est pourtant simple, mon père : vous êtes un néo-Templier, comme William Stoke.

— Inspecteur !

— Cette appartenance expliquerait votre attitude plutôt favorable aux Templiers et votre manque d'objectivité historique, selon l'analyse du professeur Stappel.

— Ne vous égarez pas, M. Higgins ; je suis victime d'une sordide machination. Quelqu'un tente de vous détourner de l'enquête en attirant votre attention sur moi.

— Appartenir à l'Ordre du Temple n'est pas un délit.

— Je suis un homme d'église, déclara le père Bogrey avec gravité ; ma foi ne se partage pas. Dieu est ma raison de vivre, mon unique raison de vivre.

CHAPITRE XXXVI

— Du nouveau, mon cher Marlow ?

— Rien à signaler, Higgins. Helie Step n'est pas sortie de sa chambre.

— Mais quelqu'un est entré dans celle du père Bogrey.

— Que voulez-vous dire ?

L'ex-inspecteur-chef narra son aventure.

— Troublant ; ses dénégations vous ont-elles paru sincères ?

— Il était très ému, voire choqué.

— Pourquoi tenter de le calomnier ainsi ?

— Encore une question sans réponse, mon cher Marlow.

— On tente de nous égarer.

— Sans nul doute.

— Je maintiens ma position et je reste en faction.

— Votre hypothèse se renforce, superintendant.

⁂

Higgins étouffait dans le château aux tristes fenêtres ; l'atmosphère de la sinistre bâtisse lui était d'autant plus insupportable qu'il piétinait. L'assassin s'amusait à lui tendre des pièges afin de distraire son attention ; aussi lui fallait-il s'échapper, sortir de ce cadre contraignant, et prendre de la hauteur en respirant l'air des Lowlands.

Les nuages noirs s'accumulaient de manière impressionnante ; le ciel devenait d'encre, porteur de ténèbres agressives. Higgins escalada une butte herbeuse d'où il domina le château.

À une dizaine de mètres, assis sur un rocher plat, William Stoke, drapé dans sa robe de Templier.

— Je savais que vous viendriez, inspecteur ; je vous attendais.

— Ne craignez-vous pas un orage ?

— Une tempête, une terrible tempête... Nous l'avons mérité. On ne profane pas impunément un chevalier aussi important que Johan Jacobus de Kilwinning.

— Pourquoi m'attendiez-vous ?

— Pour vous révéler la vraie raison de la venue de tous ces gens à Roslin ; elle explique la cruauté implacable de l'assassin.

Les cheveux longs du néo-Templier flottaient au vent ; il avait ôté ses grosses lunettes et adopté une posture altière, le buste bien droit.

— Connaissez-vous le nombre de commanderies templières, inspecteur ? Plus de dix mille ! Les Templiers étaient installés en Angleterre, en Irlande, en France, au Portugal, en Espagne, en Allemagne, en Italie... et ils ne payaient pas d'impôts ! Grands acheteurs de terres et de domaines, ils ne vendaient jamais. D'où venait leur puissance financière ? De l'Orient, où ils avaient longtemps vécu. Ils auraient dû rester « pauvres chevaliers du Christ », mais la cupidité s'est emparée de certains de leurs chefs. Je connais par cœur le texte terrible de Nicolas Gurler, issu de son *Histoire des Templiers*, publiée en 1691 :

Les Templiers, sous la conduite d'un certain Roger, chef de pirates qui avait volé le magistère, ravagèrent de nombreux pays, pillèrent et saccagèrent tout sur leur passage ; après s'être enrichis par les pillages, ils s'en retournèrent chargés des dépouilles de l'Orient, pour se partager ensuite en différentes colonies dans leurs provinces occidentales.

— Un texte bien tardif, nota Higgins.

— Peut-être, mais il m'empêche de dormir ; je suis persuadé que des brebis galeuses s'introduisirent dans l'Ordre, l'incitant à devenir la plus grande puissance financière d'Europe. On confiait aux Templiers bijoux, pierres précieuses et documents confidentiels, car on avait confiance en leur honnêteté. Or, après la dissolution de l'Ordre, on ne retrouva ni ses archives, ni ses livres de comptes, ni les procès-verbaux des chapitres, ni leurs trésors ! D'après la déposition du Frère Jean de Chalon, tout avait été déménagé et caché avant l'arrestation de Jacques de Molay. La veille, des chariots recouverts de paille quittèrent le Temple de Paris à la tombée de la nuit, et gagnèrent un port d'où partirent dix-huit navires, vers une destination inconnue, sans doute les îles britanniques. Le fabuleux trésor des Templiers : voilà ce que tous ces rapaces sont venus chercher ici ! Des archives aux lingots d'or, quel pactole ! Johan Jacobus de Kilwinning fut le dernier gardien de ces richesses colossales. La présence de son squelette signifie qu'elles ne sont pas très loin de Roslin, peut-être même cachées dans le sous-sol de la chapelle. Voilà pourquoi on a tué le vieux gardien : il en savait trop. L'un de ces bandits a dû réussir à le faire parler et lui a clos définitivement la bouche afin de garder l'information pour lui.

— Et James Esquin ?

— Il devenait dangereux, puisqu'il continuait à chercher ; sans doute se trouvait-il sur la bonne piste. L'assassin éliminera un à un ses concurrents, soyez-en certain !

William Stoke s'exprimait avec passion, mais sans perdre son calme.

— Soupçonnez-vous quelqu'un ? interrogea Higgins.

— Voilà six mois, environ, une étrange touriste a exploré toute la région du loch Awe, long d'une quarantaine de kilomètres. C'est un coin plutôt reculé des Highlands ; elle a pourtant visité un à un les îlots éparpillés sur le lac. Par mauvais temps, certains sont submergés. Sur l'un d'eux furent creusées de curieuses tombes : celles des Templiers en exil. Notre touriste a poussé ses investigations aussi loin qu'elle le pouvait, mais est revenue bredouille. Et je la retrouve aujourd'hui à Roslin, toujours en quête du trésor du Temple et plus déterminée que jamais.

— De qui s'agit-il ?

— D'Helie Step.

— Elle est paléographe, pas archéologue.

— Justement ! Sa capacité de lectures des manuscrits anciens en fait une parfaite tête chercheuse. Vous devriez faire examiner par quelqu'un d'autre le manuscrit découvert près du squelette de Johan Jacobus de Kilwinning.

— Vous supposez qu'elle n'a pas divulgué la totalité du texte ?

— Si le Templier a indiqué l'endroit où il a caché le trésor, elle n'en soufflera mot à quiconque ! Votre présence est le dernier obstacle entre elle et cette fortune colossale. Elle inventera et dispensera de faux indices afin que vous arrêtiez un coupable et que l'enquête se termine au plus tôt. Et si quelqu'un s'approchait de la vérité, elle n'hésiterait pas à le supprimer.

Le ciel était si bas qu'on croyait pouvoir le toucher.

— La malédiction du Templier est sur nous, déclara William Stoke, dont les yeux étaient redevenus fiévreux.

— Il vaudrait mieux rentrer ; je redoute un déluge.

— Un déluge... Oui, un déluge ! Il noiera les turpitudes et les crimes, et ce sera bien ainsi. Chacun sera châtié, car personne ne mérite le pardon.

CHAPITRE XXXVII

Le château semblait désert. Higgins salua les policiers qui n'avaient rien remarqué d'anormal. Les hôtes forcés de feu James Esquin se tenaient confinés dans leur chambre, évitant tout contact. Seule Jenny Durham s'activait à la cuisine, préparant un repas sommaire.

— Vous êtes fort dévouée, mademoiselle.

— De vieux principes, inspecteur ; si le ventre n'est pas plein, la tête est vide. Eleonora Tuloff et Helie Step sont de trop grandes dames pour mettre la main à la pâte. Que ça leur plaise ou non, elles se contenteront de lard fumé et de pommes de terre à l'eau. Les pauvres ont moins que ça, dans les Highlands, et ils s'en contentent.

— Le professeur Stappel m'a tout raconté.

La vieille fille se retourna.

— Qu'a-t-il encore inventé ?

— Espérez-vous toujours l'épouser ?

— Je...

Jenny Durham se remit à éplucher des pommes de terre.

— Puisque vous savez, pourquoi me torturer ?

— J'aimerais obtenir votre confirmation.

— Une fois, une seule fois... et pourtant, je lui suis restée fidèle ! Stupide, n'est-ce pas ? Mais il finira par m'épouser parce que c'est son devoir. Sinon...

— Sinon ?

— Dieu le punira. C'est une faute grave de séduire une jeune fille.

— Pourquoi n'avez-vous pas mis vos menaces à exécution ?

— Parce que je n'ai pas l'intention de ternir le blason de mon futur mari. Qu'il me craigne me suffit ; la menace qui pèse sur lui l'oblige à se repentir. Un jour, je connaîtrai le bonheur.

***

— Êtes-vous capable de déchiffrer un manuscrit médiéval, professeur Stappel ?

— Voudriez-vous vérifier mes compétences, inspecteur ?

— Votre aide me serait précieuse.

— Vous avez sous la main la plus brillante paléographe du Royaume-Uni ; dans son domaine, j'avoue lui être inférieur.

— Avez-vous examiné vous-même le document

découvert près du squelette de Johan Jacobus de Kilwinning ?

— Vérifié ? Je ne vous comprends pas.

— Il serait peut-être opportun de le faire.

— Comme il vous plaira.

⁂

Scott Marlow montait une garde vigilante.

— Rien à signaler, dit-il à Higgins. Avec ce temps, personne n'a envie de sortir du château ; chacun se confine chez soi.

L'ex-inspecteur-chef frappa à la porte d'Helie Step ; elle l'autorisa à entrer.

— Votre enquête avance-t-elle ?

— Nous progressons.

— Tant mieux ! Je suis morte de peur. Savoir qu'un assassin se trouve ici, tout près... me concentrer devient presque impossible.

— Avez-vous abouti à une traduction définitive du document identifiant le chevalier de Kilwinning ?

— Lecture difficile, mais signification indubitable. Je suis un peu déçue.

— Pourquoi ?

— J'espérais davantage d'informations.

— Sur le trésor du Temple ?

Helie Step rosit légèrement.

— Ce n'est qu'un aspect mineur...

— Mineur ? Vous me surprenez. Imaginez la

quantité d'archives, de procès-verbaux, de rituels... Les médiévistes du monde entier doivent en rêver.

— Ce n'est pas faux, inspecteur, mais nos tâches quotidiennes nous empêchent de trop rêver.

— Voyagez-vous beaucoup, mademoiselle ?

La jolie blonde redressa une mèche rebelle. Dans ses yeux bleus, d'une délicieuse fraîcheur, Higgins crut discerner de l'inquiétude.

— Parfois, j'éprouve le besoin de prendre l'air.

— Avez-vous récemment flâné en Écosse ?

— J'ai exploré quelques lochs, en effet. Mais...

— À la recherche de Templiers ?

— Dans cette région, le Moyen Âge est partout présent. Au hasard d'une promenade, il surgit ; pourquoi le refuserais-je ?

— Accepteriez-vous de me confier le précieux document que vous avez déchiffré ?

Le joli visage se contracta.

— Seriez-vous paléographe, inspecteur ?

— Sur la piste d'un assassin, le moindre indice peut m'être utile ; un simple regard déchire parfois les ténèbres.

— À votre guise ; je l'ai disposé entre deux plaques de verre, afin d'éviter toute dégradation.

— Sage précaution.

***

— Vous êtes un charmeur, monsieur Higgins,

décréta le professeur Stappel. Réussir à arracher un document inédit à Helie Step relève de l'exploit. D'ordinaire, elle est plus protectrice qu'une tigresse envers ses petits.

— Nous sommes dans le cadre d'une affaire criminelle ; elle se montre raisonnable.

— Tout de même, vous m'épatez !

— Acceptez-vous de lire ce texte ?

— Je vais essayer.

Andrew Stappel utilisa une loupe, éclaira le parchemin au maximum et l'étudia longuement. Il prit des notes, dessina chaque lettre de l'original, rectifia plusieurs fois sa copie.

— Graphie fort complexe, conclut-il ; le texte a été rédigé à la hâte. Le scripteur était énervé et pressé.

— Qu'a-t-il écrit ?

— Mon examen a été trop rapide pour donner naissance à une publication scientifique ; il faudra des heures de recherche pour aborder tous les problèmes techniques posés par cette relique.

— Le contenu ?

— Plutôt décevant. Le nom du chevalier, son appartenance à l'Ordre du Temple, une prière invoquant le Christ. Rien d'excitant.

CHAPITRE XXXVIII

Malgré l'invitation de Jenny Durham, les suspects refusèrent de dîner ensemble. Furieuse, la vieille fille se vengea en mangeant la moitié des pommes de terre ; elle abandonna le lard à d'autres. Rassasiée, elle s'aventura à la lisière du boulingrin, mais battit aussitôt en retraite. Une pluie torrentielle s'abattait sur les Lowlands. Au-dessus du château, de formidables éclairs zébraient le ciel.

— Cet orage est effrayant, inspecteur ! Je n'en ai jamais vu d'aussi tonitruant.

— Vos pommes de terre sont excellentes.

— Ne vous préoccupez pas des retardataires ; quelle bande de goujats ! Moi, je vais me coucher.

— Bonne nuit, mademoiselle.

Les policiers en uniforme, trempés, furent contraints d'abandonner leur faction. La foudre tomba à moins de dix mètres de l'entrée du domaine. Marlow leur accorda l'autorisation de se réfugier dans la bâtisse et de se réconforter avec une boisson chaude en attendant la relève.

Lorsque le tonnerre redoubla de violence, l'électricité fut coupée et l'austère bâtisse plongée dans les ténèbres. Higgins, à tâtons, trouva bougie et allumettes, posées en permanence sur la table de la cuisine.

La faible lueur éclaira le visage terrorisé de William Stoke.

— Je ne vous avais pas entendu venir.

— La colère divine, inspecteur ! Je vous l'avais prédite. Le feu du ciel détruira cette demeure maudite et tous ses habitants. Cet orage est celui auquel assistèrent Jacques de Molay et cent quarante Templiers le jour de leur arrestation, alors qu'ils écoutaient la messe, leur dernière messe d'hommes libres, dans la chapelle du Temple de Paris. L'assassin va être châtié, et il nous entraînera tous dans sa chute !

Les yeux fous, William Stoke disparut comme il était venu.

Le fracas de la pluie, mêlée de grêlons, était assourdissant. La fenêtre de la cuisine s'ouvrit brusquement, cédant à une bourrasque ; le vent souffla la bougie, plongeant la pièce dans l'obscurité. Cette fois, Higgins ne mit pas la main sur la boîte d'allumettes, projetée au loin. Né sous le signe du chat selon l'astrologie orientale, l'ex-inspecteur-chef avait la capacité, comme les félins, de voir dans le noir. Alors qu'il entamait les recherches, il entendit un bruit de pas précipités dans l'escalier, puis un claquement de porte. Une minute plus tard environ, un autre bruit de pas, beaucoup plus lourd.

— Higgins, où êtes-vous ?

— Près de l'entrée, superintendant.

— Pouvez-vous trouver de la lumière ?

— Un instant, je m'en occupe.

La boîte d'allumettes avait échoué dans un angle de la cuisine, sous une toile d'araignée. Bougeoir en main, l'ex-inspecteur-chef éclaira le superintendant.

— Elle est partie, Higgins ; elle a profité de la panne de courant et s'est faufilée dans le couloir.

— Êtes-vous certain que c'est bien elle ?

— La porte de sa chambre est restée ouverte ; personne à l'intérieur. Faut-il qu'elle ait un motif sérieux pour sortir pendant cette tempête !

— Allons à sa recherche.

— Impossible ! Nous n'avons aucune chance de la repérer.

Marlow n'avait pas tort ; la pluie formait un rideau presque impénétrable. En cette nuit d'enfer, les démons pouvaient courir la lande en toute liberté.

— Eh bien, attendons son retour.

La patience des deux policiers ne fut pas soumise à rude épreuve. Fit irruption dans le hall une Helie Step ruisselante d'eau, les cheveux blonds plaqués sur le visage.

— Où étiez-vous passée ? demanda Marlow, furibond.

— Venez vous essuyer, proposa Higgins, l'entraînant dans la cuisine.

— J'aimerais boire du thé. Dehors, c'est l'apocalypse !

La veste cintrée en soie n'était plus qu'une loque détrempée ; la jeune paléographe s'empara d'une serviette et s'essuya le visage, pendant que Higgins faisait chauffer de l'eau.

— Je dois monter me changer.

— Pourquoi êtes-vous sortie ? demanda le superintendant.

— Un incident stupide. Le vent a ouvert ma fenêtre ; en la refermant, j'ai laissé tomber mon stylo que je tenais machinalement dans ma main droite. Il appartenait à mon père, et j'y suis très attachée ; c'est pourquoi j'ai voulu le récupérer sur-le-champ.

— Avez-vous réussi ?

— J'ai eu de la chance ; regardez, il est presque intact ! Un bon nettoyage, et il m'offrira à nouveau la plus souple des écritures.

Higgins regarda avec attention le stylo sauvé des eaux.

— Il est magnifique ; je comprends votre démarche.

Les yeux bleus pétillèrent de nouveau.

— Avez-vous déchiffré le parchemin ? demanda-t-elle, amusée.

— Aucun succès, mais c'est également un bel objet ; je le confie au superintendant qui vous le montera avec une tasse de thé brûlant. Vous changer me paraît urgent.

— J'y cours !

Helie Step croisa le père Bogrey qui s'était vêtu d'un pantalon de velours et d'un pull de laine. Étonné, il regarda passer la jeune femme.

— Que lui est-il arrivé ?

— Une promenade sous le déluge, répondit Higgins.

— Je meurs de froid... auriez-vous quelque chose à manger ?

— Si vous n'êtes pas hostile au lard et aux pommes de terre, vous survivrez.

— Si le Seigneur ne s'en offusque pas, j'aimerais bien l'ensemble avec du whisky.

— Sage décision, estima Marlow.

Higgins versa l'eau chaude dans une théière.

— N'oubliez pas votre protégée, superintendant.

Fidèle à ses devoirs, Scott Marlow se transforma en maître d'hôtel. Le père Bogrey s'attabla et mangea de bel appétit.

— Où en êtes-vous, inspecteur ?

— Perdu dans la lande, mon père, avec un assassin plus insaisissable qu'une ombre.

— J'ai beaucoup réfléchi.

— Auriez-vous élaboré une théorie ?

— Je suis aussi dépité que vous. Je croyais à la mort accidentelle de James Esquin, jusqu'au moment où vous avez découvert le cadavre de ce malheureux gardien. Il doit exister un lien, mais lequel ? Et je me prends parfois à penser que même le squelette de ce Templier n'est pas étranger à l'affaire.

— Parce que vous êtes vous-même Templier ?

— Inspecteur ! Ne revenons pas là-dessus. Votre homme est suffisamment habile pour brouiller les cartes.

— Pourquoi dites-vous « homme » ?

— Le terme m'est venu spontanément... Mais qui verrait une femme étrangler sa victime ? Ni Jenny Durham, ni Helie Step, ni Eleonora Tuloff ne sont des athlètes.

— Mon ami Babkocks dit souvent que la haine décuple les forces et qu'une faible femme peut se transformer en furie, lorsqu'elle a décidé de tuer.

Les yeux du père Bogrey semblèrent sortir de leur orbite. Higgins crut une seconde que l'opinion de Babkocks avait bouleversé l'homme d'église, mais il se rendit vite compte que son regard fixait le seuil de la cuisine.

— Là, inspecteur... un spectre !

CHAPITRE XXXIX

Higgins observa à son tour l'étrange apparition.

Les cheveux dégoulinant de pluie et masquant son visage, son chemisier et sa jupe méconnaissables, les pieds nus, Eleonora Tuloff ressemblait à une noyée rejetée sur le rivage par une divinité conciliante. Tétanisée, incapable de parler, elle oscillait de droite à gauche.

— Voudriez-vous aller chercher une grande serviette de bain et un peignoir ? demanda Higgins au père Bogrey.

— Tout de suite.

Le religieux passa à côté de la photographe qui demeura indifférente, comme si plus rien n'existait autour d'elle.

— M'entendez-vous ? questionna doucement Higgins.

Il souleva des mèches de cheveux. Les beaux yeux en amande exprimaient une terrible frayeur.

— Rassurez-vous ; à présent, vous êtes en sécurité.

Le ton paternel d'Higgins provoqua une sorte de miracle ; les pupilles ressuscitèrent, les lèvres frémirent.

— Je... où suis-je ?

— Au château.

— La tornade a cessé ?

— Vous êtes hors de danger.

— J'ai froid.

Le père Bogrey revint avec la serviette et le peignoir.

— Êtes-vous capable de vous sécher et de vous changer ? questionna Higgins.

— Oui, je crois...

— Appelez-moi quand vous aurez terminé.

L'ex-inspecteur-chef ferma la porte de la cuisine.

— La pauvre fille est tourneboulée, observa le religieux ; aurait-elle été agressée ?

— Je vais tenter de le savoir ; désolé pour votre dîner interrompu, mais je dois l'interroger sur-le-champ.

Le père Bogrey opina du chef et regagna sa chambre.

***

Assise sur une chaise, penaude, Eleonora Tuloff tenait serrés les pans de son peignoir. À petites gorgées, entrecoupées de hoquets, elle but le thé brûlant que Higgins lui avait offert.

— Pourquoi êtes-vous sortie, mademoiselle ?

— J'adore la pluie, la tempête et l'orage. Marcher pieds nus dans l'herbe mouillée, sentir l'eau ruisseler sur ma peau, m'offrir aux éléments déchaînés... quel plaisir merveilleux !

— Même aujourd'hui ?

Elle baissa la tête.

— Non, pas aujourd'hui ; la nature s'est déchaînée, comme folle ! Je me suis perdue, j'ai couru dans tous les sens, je ne discernais plus le château. La foudre est tombée, tout près de moi, j'ai perdu conscience. J'ai dû marcher, sans savoir où j'allais. Et puis, j'ai entendu votre voix. Comme j'ai eu peur, inspecteur !

Eleonora Tuloff se suspendit au cou de Higgins.

— Vous êtes mon sauveur, inspecteur ; sans vous, que serais-je devenue ?

— C'est votre instinct qui vous a sauvée, mademoiselle.

— J'ai si peu confiance en moi... à vos côtés, je me sens plus forte et tellement rassurée.

— Vous m'en voyez flatté.

— Mon existence est stupide. Avec vous, tout serait si différent...

— Je crains que vous ne vous abusiez ; ma tâche prioritaire consiste à résoudre une énigme criminelle à laquelle vous êtes malheureusement mêlée.

La photographe se détacha brusquement de l'ex-inspecteur-chef.

— Me soupçonnez-vous vraiment ?

— Pendant votre expédition, avez-vous remarqué quelque chose d'insolite ?

— En revenant, j'ai cru entendre une sorte de cri... Mais j'ai dû me tromper. Le vent soufflait tellement fort, le tonnerre roulait, des plaintes déchirantes semblaient provenir de la terre. Impossible d'être affirmative, dans cette tourmente.

Higgins prit quelques notes sur son carnet noir.

— Ne cessez-vous jamais de travailler, inspecteur ?

— D'ordinaire, je suis plutôt paresseux ; mais une enquête comme celle-ci ne supporte pas le dilettantisme.

— Identifierez-vous cet assassin ?

— Je l'espère.

— Vous n'en êtes pas sûr.

— La vantardise est un péché mortel.

— Moi, je crois à la malédiction du Templier.

— Vous n'avez peut-être pas tort.

— Serions-nous condamnés, parce que nous l'avons dérangé dans son dernier sommeil ?

— Souhaitons qu'il soit plus conciliant.

— Après tout, il n'aurait pas tort. Nous sommes des voyeurs et des pilleurs de tombes ; parfois, ce métier me dégoûte. Si ce Templier est le vrai coupable, il est hors de portée de Scotland Yard. Bonne nuit, inspecteur.

⁂

Scott Marlow tint à faire une ronde dans le château endormi, une bougie à la main, accompagné de Higgins. L'orage continuait à se déchaîner, rendant impraticables chemins et routes ; l'électricité demeurait coupée.

— Je me sens mal à l'aise, Higgins, cette bâtisse me déplaît de plus en plus. Je la quitterai avec plaisir.

— Moi de même.

— Avez-vous cru à l'histoire d'Helie Step ?

— Elle fut convaincante.

— Je reste dubitatif.

— La nuit portera conseil.

— Je m'installe dans le hall, si quelqu'un tente de s'enfuir, il devra me passer sur le corps.

⁂

À la lueur de deux bougies, Higgins relut plusieurs fois la totalité de ses notes. Bien que le déluge ne se calmât pas, il trouva l'apaisement nécessaire pour mettre en ordre ses pensées. Il abandonna une à une les pistes qui lui semblaient sûres, et se heurta à plusieurs impasses. Malgré ses efforts, il ne parvenait pas à lever le voile.

L'ex-inspecteur-chef contempla le ciel en furie. Un soir comme celui-là, il se déchirerait et emporterait le monde des hommes dans un cataclysme. Peut-être les Templiers avaient-ils gardé la connaissance des puissances célestes et su les apprivoiser. Les autorités de l'époque ne leur avaient pas pardonné l'étendue de leurs pouvoirs.

Lorsque le tonnerre s'éloigna, Higgins s'assit et ferma les yeux. C'est alors qu'un détail le troubla ; en lui-même, il n'avait aucune signification. Mais l'ex-inspecteur-chef était attentif aux signes ; il rédigea deux lignes sur son carnet noir, en espérant qu'elles resteraient lettre morte.

⁂

Des coups violents furent frappés à la porte de Higgins.

— Ouvrez, ouvrez vite ! implora Marlow.

— J'arrive.

Par bonheur, Higgins avait eu le temps de procéder à une toilette raisonnable, de s'habiller de façon correcte et de disposer son nœud papillon.

Marlow était en proie à une excitation mêlée d'abattement.

— Une horreur, Higgins, une véritable horreur... Venez, je vous prie.

Livide, le superintendant descendit l'escalier d'un pas nerveux, traversa le hall à grandes enjambées et s'aventura sur le boulingrin, suivi de Higgins qui put vérifier le bon état de ses deux genoux.

— Il est là, au pied de la tour.

Le gazon était trempé, le ciel portait les stigmates de l'orage de la nuit.

Allongé sur le dos, les yeux grands ouverts, une pierre précieuse dans la bouche, le professeur Stappel était mort.

CHAPITRE XL

— Une énorme émeraude, d'une rare qualité, jugea Higgins.

— On la lui a enfournée au fond de la gorge, constata Marlow ; ce crime est d'une violence inouïe. Faut-il haïr un homme pour le tuer de cette manière !

— Ou bien appliquer une stratégie de manière implacable.

— Une stratégie ?... Que voulez-vous dire ?

— Appelez le coroner et l'identité judiciaire ; quand ils auront terminé leur travail, faites transporter le cadavre d'Andrew Stappel dans la grande salle et déposez-le sur la table d'hôte ; puis vous convoquerez toutes les personnes présentes au château.

— Mais enfin, Higgins... où allez-vous ?

— Une promenade pour réfléchir.

⁂

Higgins posa le pied sur un chardon à la tige si

solide et si résistante que le poids de la chaussure ne la brisa pas. L'ex-inspecteur-chef se souvint de la scène célèbre pendant laquelle, de nuit, des pillards scandinaves avaient projeté d'envahir l'Écosse. Le raid avait été bien préparé, et les agresseurs étaient sur le point de surprendre les troupes écossaises lorsque l'un d'eux marcha sur un chardon et poussa un cri de douleur, révélant ainsi sa présence.

Un cri de douleur... Oui, les morceaux du puzzle s'emboîtaient à présent de manière parfaite. L'assassin lui aurait échappé s'il n'avait commis une erreur assez grossière ; mais pouvait-il en être autrement ?

*
**

Le père Bogrey, Eleonora Tuloff, Antony Alderby, Jenny Durham, William Stoke et Helie Step étaient réunis autour du cadavre du professeur Stappel, étendu sur la table de la grande salle du château ; le coroner avait fermé les yeux et joint les mains sur la poitrine, avant de recouvrir le corps d'un drap blanc.

— Qui se trouve là-dessous et pourquoi nous oblige-t-on à rester ici ? demanda Antony Alderby, irrité.

Higgins dévoila le visage d'Andrew Stappel.

— Ce motif vous suffit-il ?

L'anatomopathologiste blêmit et recula. D'un même mouvement, les trois femmes se détournèrent ; le père Bogrey se signa, de même que William Stoke.

Higgins rabattit le drap.

— Trois meurtres, rappela Higgins, et le squelette d'un Templier : voilà pourquoi je vous ai réunis. L'assassin est parmi vous.

Scott Marlow, qui se trouvait devant la porte pour empêcher toute tentative de fuite, sut que son collègue avait abouti à une certitude. Restait à la démontrer et à obtenir des aveux complets.

— Vous êtes un homme original, dit Higgins à Antony Alderby. Anticlérical, vous détestez aussi les Templiers et toute forme de croyance.

— Est-ce un délit ?

La chemise ouverte, une cigarette éteinte fichée à la commissure des lèvres, Alderby affichait son insolente santé.

— Vous auriez pu mentir en prétendant qu'on vous avait volé la clé de l'église.

— Mais j'ai dit la vérité.

— Vous auriez pu vous emparer de la cordelette et tuer le vieux gardien.

— Vous savez que c'est faux.

— Et cette pièce d'or... N'auriez-vous pas trouvé le trésor des Templiers ?

— Si c'était le cas, je ne serais plus ici !

— Le professeur Stappel vous voyait fasciné par les cadavres.

— Il me connaissait bien mal ! Sauf son respect,

il calomniait sans cesse. Soyons sérieux, inspecteur ; quelles charges pèsent sur moi ?

— Aucune, M. Alderby.

Higgins consulta son carnet noir, puis s'adressa à la belle photographe dont le chemisier et la jupe noirs convenaient à la circonstance.

— Vous êtes une femme troublante, mademoiselle Tuloff, et une remarquable observatrice. J'ai longtemps pensé que vous étiez venue à Roslin avec l'idée bien arrêtée de découvrir le trésor des Templiers.

Les grands yeux en amande de la photographe se firent très doux.

— Vous n'avez pas tout à fait tort, inspecteur ; malheureusement, j'ai échoué.

— Est-ce vous qui avez rédigé le message anonyme concernant le père Bogrey ?

— Non, inspecteur. M'auriez-vous soupçonnée... de meurtre ?

— Vous êtes sortie du château, pendant l'orage, sans que personne ne vous voie.

— Dans mon métier, la discrétion est indispensable.

— Vous êtes passée tout près de l'assassin ; s'il vous avait repérée, vous ne seriez plus de ce monde.

Eleonora Tuloff faillit s'évanouir. Elle s'accrocha au bras d'Helie Step qui l'aida à s'asseoir.

— Vous aussi, monsieur Stoke, reprit Higgins, possédez des aptitudes remarquables à passer inaperçu.

Le néo-Templier sursauta.

— Pourquoi dites-vous ça ?

— Étiez-vous dehors, cette nuit ?

— Non.

— Pourtant, vous n'hésitez pas à courir la lande par tous les temps.

— Lorsque le ciel menace de tout détruire, je me recueille et je prie.

Malgré sa barbe et ses cheveux en bataille, son visage épais, son double menton et ses grosses lunettes, William Stoke tenta d'adopter une attitude très digne.

— Le professeur Stappel vous traitait de charlatan et d'imposteur ; vous ne l'aimiez guère, et vous l'avez même menacé de mort devant témoin.

— S'il avait continué à m'injurier et à calomnier le Temple, je l'aurais transpercé d'une épée. Seul ce châtiment aurait pu sauver son âme ; mais Dieu m'a précédé. Le feu du ciel est tombé sur l'impie.

— Pourquoi avez-vous mis sous le lit du père Bogrey l'une de vos robes de Templier ?

La bouche de William Stoke s'entrouvrit, mais aucun son n'en sortit. Il lui fallut de longues secondes pour sortir de son ébahissement.

— Qui... qui a inventé cette histoire ?

— « Chacun sera châtié, avez-vous dit, car personne ne mérite le pardon. » Vous non plus, si je comprends bien ?

Stoke baissa la tête.

— Quelle faute avez-vous commise ?

Le néo-Templier baissa la tête.

— Seriez-vous un assassin, monsieur Stoke ?

— Non, je vous jure que non !

— Je vais vous aider. Si vous avez accouru à Roslin, ce n'est pas seulement pour rendre hommage au glorieux Templier dont le squelette venait d'être découvert.

— C'était ma motivation principale, inspecteur, et je...

— Vous commettez le péché de mensonge, monsieur Stoke. Dans des sociétés où la parole donnée et le sens de l'honneur occupaient une place prééminente, les juges le considéraient comme un crime. Votre véritable centre d'intérêt, c'était le fameux trésor des Templiers dont vous m'avez abondamment parlé.

— Je devais m'y intéresser, bien sûr, je...

— Quelle récompense vous avait-on promise ?

Le néo-Templier rentra en lui-même.

— Ce n'est pas difficile à deviner. Vous désiriez le pouvoir suprême à la tête des divers groupuscules Templiers enfin assemblés sous votre bannière ; qui aurait refusé cette faveur à l'homme capable de ressusciter le passé, au Templier moderne à la tête d'une immense fortune ?

William Stoke battit sa coulpe.

— J'ai été ambitieux pour moi-même, je l'avoue ; que Dieu me punisse à la mesure de ma faute.

CHAPITRE XLI

Higgins abandonna le néo-Templier à son repentir et se plaça près de Jenny Durham, sans la regarder. La vieille fille, à l'impeccable chignon, se tenait bien droite, les mains serrées à hauteur de la poitrine.

— Vous m'avez beaucoup intrigué, mademoiselle. D'un côté, vous êtes une personne raisonnable et rationnelle, répondant aux exigences de votre métier de chimiste ; de l'autre, vous vivez une mystique certaine et ne cachez pas votre croyance.

— Je suis ainsi faite.

— Vous vous adressez volontiers au persiflage, voire à la calomnie, et je me suis demandé si vous n'étiez pas une excellente simulatrice. Les indices se sont accumulés contre vous : vos connaissances en chimie, expliquant l'assassinat de James Esquin, le poison imprégnant le gant noir, la cordelette indissociable du *Baphomet*... et, à présent, l'assassinat du professeur Stappel.

Jenny Durham ferma les yeux.

— Vous savez bien que j'étais incapable de le tuer ; soyez assez charitable pour ne rien divulguer.

La chimiste était au bord des larmes.

— Avec sa mort, continua-t-elle, j'ai tout perdu. Ce n'était qu'un rêve, bien sûr, mais c'est si beau, un rêve... Je savais qu'il ne se réaliserait jamais et, en même temps, j'y croyais, comme un enfant croit que le monde est empli de châteaux, de trésors et de preux chevaliers. Je me persuadais qu'Andrew changerait, qu'il comprendrait la profondeur de mes sentiments, qu'il sortirait de son chemin de perdition... je me suis trompée. Sans lui, à quoi bon vivre ?

Higgins sut qu'elle n'avait pas tué le professeur. Il n'en doutait d'ailleurs pas, mais les paroles prononcées valaient toutes les preuves.

— Ne commettez surtout pas l'irréparable, mademoiselle ; si Andrew Stappel est demeuré aussi insensible, c'est qu'il ne vous méritait pas.

— Je ne peux y croire... Tout est de ma faute. Identifiez son assassin, je vous en prie ; au moins, vous me donnerez la paix.

— C'est bien vous, n'est-ce pas, qui avez déposé une branche de cerisier sous la fenêtre d'Eleonora Tuloff ?

— Oui, inspecteur ; en la désignant comme pécheresse et fille légère, j'espérais conjurer le mauvais sort. Andrew était si prompt à s'enflammer... Je ne me doutais pas que quelqu'un le haïssait au point de vouloir le tuer ; sinon, je l'aurais défendu !

La chimiste éclata en sanglots et se cacha derrière un grand mouchoir en dentelle. Higgins s'écarta, et contempla la ravissante Helie Step, plus jolie et plus élégante de jour en jour. L'ovale très pur de son visage et la tendresse rieuse de ses yeux bleus auraient séduit le guerrier le plus endurci. Le beau collier d'ambre s'harmonisait avec le chemisier en fil d'Écosse ; le port des gants noirs ajoutait une note de mystère.

— Chacun reconnaît vos exceptionnelles qualités professionnelles, mademoiselle Step, mais l'on se demande aussi si le diable n'aurait pas choisi votre apparence pour mieux agir.

— Le diable ! Vous me prêtez d'immenses pouvoirs.

— Vous êtes la seule personne, dans cette assemblée, à porter des gants ; or, j'ai retrouvé l'un de vos gants, dans la grotte du Templier, enduit du poison, donc destiné à devenir l'arme du crime.

— Mais... qui a-t-il tué ?

— Personne, c'est un fait, car un incident a déjoué vos plans.

— Mes plans ?

— Vous seule n'avez pas visité cette grotte où reposait pourtant l'illustre squelette ; n'auriez-vous pas menti, sur ce point ?

— Bien sûr que non !

— Vous n'aimiez guère le professeur Stappel, n'est-il pas vrai ?

— Nos rapports étaient assez distants.

— Vous êtes bien elliptique, mademoiselle ; n'a-t-il pas tenté de briser votre carrière ? N'était-il pas « un dragon » selon vos propres termes ?

— Nous étions parvenus à un accord, vous le savez.

— Je n'en suis pas si sûr.

— Pourquoi en douteriez-vous ?

— Parce que ni vous ni le professeur Stappel ne possédez un tempérament apte à négocier et à composer. Je suis persuadé qu'une rapide enquête, auprès de vos collègues de l'université, conformerait mon jugement.

— Et quand bien même ?

— Une lutte à mort ne s'était-elle pas engagée entre vous ?

— Modérez vos expressions, inspecteur !

— Andrew Stappel est étendu sous ce drap, mademoiselle, la modération ne lui est plus d'aucun secours.

Helie Step serra dans sa main droite l'extrémité de son collier d'ambre.

— Le professeur ne pouvait supporter un concurrent, encore moins une collègue plus compétente que lui dans un domaine aussi important que la paléographie ; il n'avait certainement pas réussi à vous briser. De votre côté, vous ne baissiez pas pavillon. Et lorsque vous vous êtes sentie très menacée, vous fûtes contrainte de réagir d'une manière violente.

— Stappel ne me faisait pas peur, je vous l'assure ; je ne me préoccupais pas de ses attaques.

— Mais lui se préoccupait de vous et aurait fini par vous évincer de l'université ; autant dire que vous auriez été condamnée à la misère et privée de votre passion.

— Il n'aurait pas osé.

— Vous avez quitté votre chambre, pendant l'orage.

— Pour retrouver mon stylo, je vous l'ai expliqué.

— Et si c'était pour assassiner le professeur Stappel ?

— J'en suis incapable, inspecteur, tout à fait incapable !

— L'arme du crime vous accuse, mademoiselle.

— De quelle manière ?

— Rappelez-vous Helie de la Marche, la maîtresse du pape Clément V, et l'épisode de la chute de la tiare. Une pierre s'en est détachée, une pierre que l'on croyait perdue à jamais, une pierre que l'on a retrouvée au fond de la gorge du professeur Stappel et qui l'a étouffé.

Helie Step, bouleversée, s'adossa contre un mur.

— Quelle horreur !

— Niez-vous vous être débarrassée de l'homme qui allait causer votre malheur ?

— Oui, je le nie !

Scott Marlow pensa que Higgins était sur le point

d'échouer, en ne parvenant pas à obtenir les aveux de la coupable. L'ex-inspecteur-chef se désintéressa d'Helie Step, feuilleta quelques pages de son carnet noir, et se plaça face à George Bogrey.

— Pourquoi êtes-vous devenu un assassin, mon père ?

CHAPITRE XLII

— Vos insinuations me paraissent fort déplacées, inspecteur.

Assis sur une chaise à haut dossier, le père Bogrey semblait très sûr de lui. Dans son costume noir, agrémenté d'une lavallière, le regard froid, il défiait Higgins sans trembler.

— J'ai mis longtemps à comprendre, avoua l'ex-inspecteur-chef, parce que le mobile de vos trois crimes plonge ses racines à la fois dans une lointaine histoire et dans l'un des plus vils sentiments développés par l'espèce humaine. D'autres sentiers étaient ouverts ; je m'y suis égaré avant de revenir vers vous, à cause de l'erreur monumentale que vous avez commise.

Le père Bogrey était aussi immobile qu'un serpent prêt à fondre sur sa victime ; seuls vivaient ses yeux glacés.

— De quelle manière êtes-vous parvenu à ces conclusions rocambolesques, inspecteur ?

— Vous êtes un homme en apparence sérieux, modeste, qui ne se vante pas de sa science ; pondéré, calme, dépourvu de tout enthousiasme et de toute sensibilité, vous portez pourtant un masque : celui de l'hypocrisie. Il vous a servi à mener une croisade contre l'Ordre du Temple, plusieurs siècles après sa disparition officielle, parce que le seul sentiment qui habite votre cœur desséché est le fanatisme, la volonté de détruire tout ce qui est en désaccord avec votre croyance.

— Simple opinion sans fondement.

— Un petit mensonge m'avait étonné, sinon alerté ; vous admettiez bien avoir un ancêtre, chapelain du Temple mais le nom que vous m'avez donné, Jean de Bugrey, est inexact. Le vrai chapelain s'appelait Raoul de Barton, d'après les archives que j'ai consultées dans la bibliothèque de James Esquin.

— Légère erreur de ma part.

— Non, mon père ; volonté de masquer la réalité et de me faire croire que, depuis le Moyen Âge, vous aviez partie liée avec les Templiers. Vous avez mené un jeu subtil, tendant à prouver que vous leur étiez plutôt favorable sans pour autant les défendre de façon inconditionnelle. Tantôt sympathisant, tantôt critique, vous occupiez un juste milieu des plus tolérants et des plus crédibles.

— Telle est bien mon attitude intérieure.

— Telle est bien votre hypocrisie. Pour accréditer l'existence d'un autre assassin, vous avez déployé une tactique que vous estimiez habile. Sur le chemin de la grotte, vous avez tenté de me faire croire que quelqu'un nous suivait. C'est vous qui, dans cette même grotte, avez déposé le gant volé à Helie Step, avec l'espoir que je l'y découvre et que je commence à suspecter la jeune femme de préméditation. Une superbe fausse piste, créée grâce à une substance dérobée dans un laboratoire de l'université où vous avez accès ; peut-être avez-vous poussé le machiavélisme jusqu'à effectuer votre larcin, comprenant la bactérie tueuse inoculée au squelette du Templier, dans le laboratoire même de Jenny Durham.

Le père Bogrey demeura impassible.

— Autre manière de brouiller les pistes : le manteau de Templier caché sous le lit de votre chambre. C'est vous, encore, l'auteur de cette mise en scène ; de plus, en rédigeant le message anonyme avec une écriture contournée, vous deveniez suspect d'être néo-Templier ou, au moins, victime d'une calomnie.

— Pourquoi aurais-je commis tous ces meurtres ? interrogea le père Bogrey, grinçant.

— Parce que vous êtes un fanatique de la pire espèce, décidé à détruire toute résurgence de l'Ordre du Temple.

— En ce cas, j'aurais supprimé William Stoke.

— Certes pas, car vous ne le prenez pas au sérieux ; pour vous, il n'est qu'un pantin sans envergure, bien que vous ayez fait mine de lui prêter attention. L'individu que vous redoutiez de voir apparaître, c'est le véritable héritier de l'Ordre du Temple, celui qui serait capable de lui redonner sa gloire passée. Première victime de votre croisade : James Esquin, coupable d'avoir ramené au jour le squelette d'un Templier illustre. Esquin voulait aller beaucoup plus loin ; c'est pourquoi vous l'avez scientifiquement éliminé, en tentant d'accréditer la malédiction du Templier. Mais rien ne s'est passé comme vous l'avez prévu ; loin d'être terrorisés, vos collègues ont été fascinés par Johan Jacobus de Kilwinning. Et votre obsession a repris le dessus : parmi eux devait se trouver le nouveau propagateur de la foi templière.

— Ce n'était quand même pas le vieux gardien de la chapelle ! ironisa le père Bogrey.

— Vous deviez le faire taire, car il en savait trop sur votre compte ; lorsque vous avez compris que j'allais l'interroger plus à fond, vous l'avez étranglé.

— Sans doute ai-je dérobé la clé de la chapelle dans la poche d'Alderby pour m'emparer de la cordelette du Templier.

— En effet ; ainsi se renforçait l'hypothèse de la malédiction. Le vieux gardien avait-il surpris une altercation entre vous et James Esquin ? Ou bien avez-vous commis ce meurtre pour que se révèle enfin le continuateur de l'Ordre, l'homme que vous deviez éliminer à tout prix ?

— Décidez vous-même.

— Vous avez cru que cet homme-là était le professeur Stappel.

— Lui, le pourfendeur des Templiers !

— Dans votre cerveau tortueux, ces attaques incessantes formaient un masque comparable au vôtre ; en réalité, le professeur avait consacré sa vie et ses recherches aux Templiers ; la résurrection du chevalier de Kilwinning allait lui permettre de révéler sa véritable nature. En étouffant Andrew Stappel avec une émeraude, vous rejetiez les soupçons sur Helie Step, dont les liens avec la maîtresse du pape ne vous avaient pas échappé. D'où provient cette émeraude, mon père ? Dans quel trésor de l'Église l'avez-vous dérobée pour mettre un point d'orgue à votre croisade meurtrière ?

— Vous avez inventé une bien sinistre histoire, inspecteur, où vous me faites jouer le rôle d'un véritable démon.

— On ne saurait mieux dire.

— Mais quelle preuve apportez-vous de ma culpabilité ?

— Une erreur grotesque, pour un démon. Vous attendiez une occasion propice pour faire mourir définitivement l'Ordre du Temple, à travers la personne de son dernier chef ; l'orage vous l'a fournie. Vous avez attiré le professeur au-dehors, et vous l'avez tué en l'étouffant avec l'émeraude. Comme Eleonora Tuloff, vous êtes sorti du château et y êtes rentré sans vous faire remarquer, grâce aux circonstances atmosphériques. Mais vous étiez trempé, mon père, et vous fûtes obligé de vous changer pour faire croire que vous étiez resté à l'intérieur ; c'est la seule fois où vous avez quitté votre costume noir pour apparaître en pantalon de velours et en pull-over.

Le père Bogrey se leva, très raide.

— Vous avez tort, inspecteur, de me considérer comme un assassin ; j'ai agi au nom de Dieu et je ne regrette rien. Qui ne combat pas l'hérésie est contre Lui ; qui prône l'hérésie ne mérite pas de vivre.

— Non seulement vous êtes un dément sanguinaire, Bogrey, mais encore vous êtes-vous trompé : le professeur Stappel n'était pas celui que vous aviez décidé de détruire. Le successeur de Kilwinning est toujours vivant.

— Je le tuerai ! hurla l'assassin, poing brandi vers le ciel.

ÉPILOGUE

Higgins se promenait avec Helie Step, au sommet d'une colline dominant la grotte où avait été retrouvé le chevalier de Kilwinning. Le vent soufflait fort, la lande était magique. Un châle sur les épaules, la jeune femme regardait le ciel torturé où des nuages s'entremêlaient.

— Comment tant de folie peut-elle s'associer à tant de cruauté ?

— Le fanatisme transforme un homme en monstre, répondit Higgins ; aucun raisonnement, aucun sentiment ne peuvent le toucher. Par bonheur pour vous, Bogrey n'a pas compris que la véritable héritière des Templiers, c'était vous.

— C'est beaucoup dire, inspecteur.

— Vous ne comptez pas faire renaître l'Ordre, bien sûr, mais vos études permettront d'établir la vérité.

— Qui sait ?

— J'ai su qui vous étiez et ce que vous vouliez

lorsque fut donnée lecture du testament de Johan Jacobus de Kilwinning ; il vous a tellement ému que des larmes vous sont montées aux yeux. Pour masquer votre émotion, vous avez utilisé de l'eye-liner, afin d'assombrir le bord de vos paupières. C'est en marchant sur un chardon que votre douleur m'est revenue en mémoire, et que la lumière s'est faite sur toute cette affaire.

— Menez-vous toujours vos enquêtes de manière aussi étrange ?

— Le monde est en ordre, mademoiselle ; seule l'humanité est étrange. Lorsque je dois identifier un assassin, il me faut bien en tenir compte et observer le moindre signe.

Higgins sortit une enveloppe de sa poche.

— Quelle que soit l'issue de votre quête, mademoiselle, j'aimerais vous offrir ceci : l'autorisation administrative de réinhumer le chevalier de Kilwinning dans la grotte, et de la sceller.

— Vous a-t-on déjà dit ce que vous êtes, inspecteur ?

— Eh bien...

Helie Step embrassa Higgins sur les deux joues.

— Vous êtes un amour.

Dans le ciel des Lowlands, les nuages couraient vers l'infini.

Composé par Euronumérique 92120 Montrouge
et achevé d'imprimer en juillet 1995
sur les presses de la Société Nouvelle Firmin-Didot
à Mesnil-sur-l'Estrée (Eure)

- N° d'imprimeur : 31543 -
- N° d'éditeur : DSY 25 -
Dépôt légal : juillet 1995

Imprimé en France